KB058518

엄마이지만
나로 살기로 했습니다

엄마이지만
나로 살기로 했습니다

아들 셋 엄마의 육아 사막 탈출기

김화영 지음

MAMA
LAND
★ ★ ★

21세기북스

사랑하는 남편과 세 아들, 가족,

그리고 오늘도 육아라는 고군분투를 하는

모든 엄마, 아빠, 가족에게 이 책을 바칩니다.

프롤로그

*
*
*

　오늘이 어제 같고 이번 주가 지난 주인 듯 데자뷔를 경험하는 하루가 또 지난다. 한때는 아이들 기저귀를 갈아 치우듯 육퇴 (육아 퇴근)만 생각하며 하루하루를 해치웠다. 내게 육아를 하는 삶은 '살아가기'가 아니라 매일 벌어지는 상황에 맞춰 가는 '끌려가기'일 뿐이었다. 시대가 바뀌어도 육아와 가사의 중심에는 여전히 엄마의 자리가 굳건히 존재했다. 어느 날 문득 '이런 삶을 앞으로 얼마나 더 감당할 수 있을까'를 생각해 보며 내가 살아가고픈 방식으로 삶의 방향키를 돌려야 한다는 것을 본능적으로 느꼈다.

어릴 때에는 좋은 대학을 나와 그럴싸한 직업을 가지면 편안하고 행복하리라 생각했다. 그러나 그 너머로 펼쳐진 삶은 상상했던 것보다 힘들고 어려웠다. 그때마다 나는 스스로 '내가 택한 삶을 원하는 방식으로 이끌어 가고 있는가?'라는 질문을 했다.

시간과 아이에게 끌려다니며 나를 잊어버리는 삶을 더는 이어 갈 수 없었기에, 아이가 더 크기 전에 우리 부부와 가족의 삶에도 분명한 기준을 세워야겠다고 결심했다. 사소한 것 하나에 갈대처럼 갈팡질팡 나부끼기 전에 말이다. 가장 먼저 한 일은 의식의 흐름을 바꾸는 것이었다. '아이에게 뭐 하나라도 더 해 주자'가 아니라 '무엇을 하지 말아야 할까'를 생각하는 뺄셈을 시작했다. 남들처럼 못 해 줘서 미안한 엄마가 아닌 '나다운 엄마'가 되기 위한 시도였다.

어차피 부모는 아이의 삶을 대신 살아 줄 수 없다. 가족이라는 울타리 안에서 사랑과 정을 나누고 서로의 경험을 공유하지만, 아이 인생을 책임져 줄 수 없음을 매일 확인한다. 내가 내 삶을 그려 왔듯 내 아이도 스스로 삶을 그려 나갈 권리가 있다. 어떤 모습, 어떤 색으로 삶을 채울지는 온전히 아이의 몫이다. 삶에 정해져 있는 답이 없듯이 아이들 각자 자기만의 방식으로 삶을 해석하고 그 안에서 희로애락을 느끼게 될 것이다.

이 책은 '좋은 부모'가 아닌 '나다운 부모'가 되기로 결심한 한 엄마의 적응기이다. 책을 쓰면서 엄마 역할을 하느라 내가 놓친 것이 무엇인지 되짚어 보게 되었다. 이 책을 통해 가족을 사랑하는 방식이 어떤 모습이었는지 확인하고, 고민해 보는 시간을 가질 수 있으면 좋겠다. 그리하여 아이를 바라보는 조급한 마음에 '여유'라는 창이 하나 자리하기를 바란다.

아이들은 울 때도, 짜증 날 때도, 아주 가끔 기분이 가장 좋을 때도 모두 '엄마'를 외친다. 며칠 전까지만 해도 한창 짜증 가득한 유아 사춘기를 겪는 첫째 아들이 무슨 일이든 1순위로 엄마를 불러 대는 통에 날이 서 있었다. 그러나 아이가 태어난 순간부터 지금까지 부모는 아이에게 온 우주이자 세상이었다는 것을 다시금 깨닫는다.

2020년 가을
김화영

목차

한쪽 귀로만 듣는 지혜

아이의 보폭으로 함께 걷는 길

엄마라는 섬이 되지 않기 위해서

삶을 사랑하는 방식

한쪽 귀로만
듣는 지혜

모유 스타일이 아닌 엄마

*
*
*

첫 아이 출산 후 지냈던 조리원은 내게 낯설었다. 누군가는 조리원이 천국이라고 했지만 이제 막 2박 3일의 산고를 버티고 죽다 살아 온 내게는 어색한 것투성이인 곳이었다. 조리원에서의 일정은 생각보다 빡빡했다. 그 바쁜 일정의 중심에는 모유 수유와 유축이 있었다. 그 외에는 요가, 신생아 사진 촬영, 아이를 위한 장난감 만들기, 산모 마사지 등으로 채워진다. 첫 아이를 낳았을 땐 공동 수유실이 있는 조리원에 입소했다. 수유실은 상상했던 것처럼 모성애가 흘러넘치는 아름다운 모습이 아니었다. 마치 10년 넘게 뜸했던 대중목욕탕에 홀로 들어가 뜨거운 탕 속에 쭈뼛쭈뼛 간신히 하체만 담근 기분이었달까. 수유 콜을 받고 수유실로 들어간 나는 담당 선생님의 도움을 받아 아이에게 젖 물리는 법을 익혔다. 수유를 하는 산모들은 모두 지친 기색이 역력했고, 나는 이따금 마주치는 시선을 어찌할 줄 몰라 내내 두리번거렸다. 젖 물리는 법을 알게 된 이후 내 아이에게 최선을 다하겠다는 마음으로 두 시간 간격의 수유 콜을 받을 때마다 성실히 달려갔다. 가끔 새벽에 수유를 하러 갈 때면 짙은 다크 서클을 달고 반쯤 감긴 눈으로 걷는 '수유 좀비'들을 목격할 수 있었다.

출산 당시 2박 3일간 이어졌던 진통이 몸에 무리를 준 것인지, 모유량을 늘리기 위해 여러 방법을 시도해 봤지만 생각만큼 늘지 않았다. 누군가는 완모(순수하게 모유로만 수유하는 것)를 꿈꾼다지만 나는 애초에 그 생각은 하지도 않았다. 하지만 출산이라는 고비를 넘긴 후 몸을 돌보려고 갔던 조리원은 분만 상처가 아물지도 않은 산모들에게 수유에 대한 압박을 주었다. 아이에게 젖을 여러 번 물려야 모유가 잘 나온다며 여러 차례 수유를 시도하게 했다. 하루는 젖이 나오지 않아 괴로워 하는데, 젖을 물고 있던 아이 입가에 피가 묻어 나왔다. 나는 그 모습을 보고 소스라치게 놀랐지만 그뿐만이 아니었다. 매번 배가 고파 우는 아이를 앞에 두고 수유량을 늘려야 한다며 과도하게 젖 물리기를 시도하고, 악에 바친 아이 얼굴이 벌게진 뒤에야 비로소 부족한 모유를 보충 분유 수유로 이어 가는 상황은 이해할 수 없었다. 우는 아이를 보니 초조해져 온몸에 진땀이 배어났다. 아이에게도, 나에게도 참 못할 짓이었다. 피를 본 그날 이후 나는 수유실로 가서 선언했다.

"저는 모유 스타일이 아닌 것 같아요. 그냥 분유 수유할게요!"

수유실에 있던 선생님들이 어처구니없다는 눈빛으로 나를 보았다. 하지만 아이와 내가 서로 괴로운 상황을 억지로 이어 나가고 싶지 않았다. 후에 조리원 원장님이 가슴 마사지를 해 주면서 모유가 잘 돌지 않는 산모도 많다며 위로 아닌 위로를 건넸다. 나는 그 이야기를 듣고 오히려 정확한 판단을 할 수 있어 다행이라고 생각했다. 분유를 먹어야 하는 아이의 상황이 안타까웠지만 미안하진 않았다. 주어진 환경에서 어떻게 하면 최선을 다할 수 있을지만 생각할 뿐이었다. 나는 그 최선을 차선이라고 자책하며 내 스스로를 비하하거나 슬퍼하지 않았다. 수유를 위해 썼던 시간을 최대한 잘 활용하는 게 엄마인 내가 아이에게 해 줄 일이었다.

　모유 수유로부터 자유로워진 나는 비로소 휴식을 얻었다. 그 이후 나는 집으로 돌아가서 해야 할 일들이 뭔지를 알아보고, 목욕부터 분유 타는 법, 기저귀 가는 방법 등을 세세하게 챙기고 익혔다. 시중에 다양한 분유가 존재한다는 사실을 알게 되니 안심이 됐고, 새삼 감사한 마음이 들었다. 더불어 아이와 엄마 두 사람의 온전한 관계를 위해서라면 언제든지 거부할 용기를 발휘하자고 다짐했다. 아이와 엄마가 서로 스트레스를 받는 육아는 누구에게도 바람직한 방법이 아니다. 나에게 육아는 남들처럼 해 주지 못해 미안한 마음을 가지는 게 아니라, 아이와의 바른 유대를 형성하며 우리만의 자연스러운 관계를 맺어 가는 소중한 과정일 뿐이다.

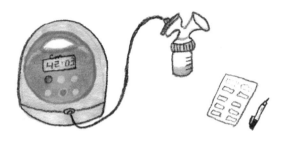

아이와 엄마 두 사람의 온전한 관계를 위해서라면
언제든지 거부할 용기를 발휘하자고 다짐했다.
아이와 엄마가 서로 스트레스를 받는 육아는
누구에게도 바람직한 방법이 아니다.

사소한 불편을
함께 이겨내려 할 때

✳
✳✳
✳

첫 아이 출산 후 백일 즈음, 광화문으로 향하는 지하철에 올랐다. 평일 오전 10시경의 5호선은 매우 한산했다. 나도 모르게 같은 칸에 자리 잡은 모자에게 시선이 갔다. 아이는 돌이 막 지난 것 같았다. 아이는 자리에 앉기를 거부하고 엉거주춤 서서 엄마 무릎에 오르내리기를 반복하고 있었다.

'조금 더 자라면 저 아이처럼 분주하겠구나.'

내 아이의 미래를 상상하며 미소를 지은 채 그 아이를 바라보았다. 출산이라는 인생의 고비를 넘기고 돌아오니 세상은 삶의 안쪽으로 나를 더 깊숙이 밀어 넣었다. 생각해 본 적 없는 부모라는 역할에 불을 밝히게 된 것이다. 이전과는 다른 세상을 겪는 내 시선이 종종 머무는 곳은 어린아이와 나이 든 부모다. 대중교통을 탈 때면 임산부나 노약자석은 빈 자리여도 그냥 지나치게 된다. 임신을 경험한 여성이라면 임신 중에 만원 지하철에서 두 다리로 온전히 버티고 서 있는 것이 얼마나 어려운지, 수시로 덜컹이는 버스에서 불룩 나온 배가 출렁일 때마다 얼마나 몸이 크게 내려앉는지 잘 알 것이다. 지하철 노약자석을 보니 문득 신혼 시절에 목격한 일이 하나 떠올랐다.

한여름 불볕더위가 한창인 8월 무렵이었다. 출근길 지하철 안은 마치 콩나물시루 같았다. 나는 노약자석 안쪽으로 들어와 서서 다음 칸과 이어지는 문가에 자리를 잡았다. 5분 정도 흘렀을까. 날카로운 에어컨 바람에 젊은 여성의 낭랑한 음성이 실려 왔다.

"임산부인데요, 자리 좀 양보해 주시면 안 될까요?"

노약자석에 앉은 50대 중반의 여성은 그 말을 듣고 젊은 여성을 쏘아보았다.

"임산부가 대수야!"

사람들의 시선이 두 여성에게 집중됐다. 나는 나이 많은 여성의 분주한 시선을 볼 수 있었다. 그녀는 젊은 임산부를 위아래로 쏘아보다 못해 눈을 희번덕거렸다. 아슬아슬한 눈싸움은 두 정거장 후 50대 여성이 먼저 하차하면서 종료됐다. 젊은 임산부는 그 자리에 앉아 아무 일도 없던 듯 휴대폰으로 본인의 일을 했다.

그날 저녁, 나는 미국에 사는 지인이 자신의 SNS에 올린 짤막한 글을 보았다. 임산부였던 그녀의 경험담이었다. 길을 걸어가는데 만삭인 본인의 배를 보더니 홍해가 갈라지듯 사람들이 길을 터주더라는 것이었다. 아침 지하철에서 목격한 장면과 너무 대조적인 모습에 마음이 씁쓸했다. '임산부가 되면 노약자석도 구걸해야 하나'라는 억울함이 밀려 왔다. 실제로 비슷한 시기에 임신한 친구들을 만나 이런 이야기를 나눌 기회가 있었다. 그들은 대부분의 사람들이 임산부에게 자리를 비켜 주지 않는다고 했다. 더군다나 대중교통을 이용하다 보면 모든 사람들이 스마트폰을 보고 있어서 누가 내 앞에 서 있는지도 잘 모르는 것 같다고.

우리는 편리한 스마트폰 세상을 얻었지만, 사람 사이에 생기는 가벼운 불편을 나눠 해결하려는 마음은 잃어버리게 되었다. 자리를 양보하거나 무거운 짐을 나눠 드는 일은 모두 개인의 결정일 뿐 미덕의 영역이 아닌 것이다. 이런 소소한 일은 '강요된 배려'라고 일축되고, 없애야 하는 낡은 관습으로 가볍게 정리된다. 코로나 바이러스로 인한 비대면 일상도 불필요한 움직임을 줄이는 편의를 제공한 반면 대면에 대한 간절함은 더욱 높인 듯 보인다. 사람과 사람이 만나는 이유는 사람 간의 관계에서만 느낄 수 있는 배려와 인간애가 있기 때문이다. 누군가에게 배려를 강요하지도, 강요받지도 않는 세상이지만 배려의 다른 이름인 '친절'이 주는 삶의 여유에 대해 한 번쯤 깊게 생각해 보고 싶다. 왜냐하면 사회는 서로가 사소한 불편을 인내하고 해결하면서 성장하기 때문이다. 잊지 말아야 할 것은 우리도 언젠가 누군가의 '사소한 불편'이 될 수 있다는 사실이다. 지하철 젊은 임산부의 적이 여자가 아니라 배려가 결여된 사회였듯이.

잊지 말아야 할 것은 우리도 언젠가
누군가의 '사소한 불편'이 될 수 있다는 사실이다.
지하철 젊은 임산부의 적이 여자가 아니라
배려가 결여된 사회였듯이.

오늘의 집안일은
여기까지!

＊
＊
＊

　초보 엄마 시절, 아이가 잠든 저녁 무렵이면 가수 옥상달빛의 「수고했어, 오늘도」라는 노래를 자주 흥얼거렸다. 아이가 깰까 봐 한쪽 귀에만 이어폰을 꽂고 입가에 미소를 머금은 채 맞이하는 온전한 내 자유의 시작. 잠정적인 육아 퇴근과 동시에 집안일의 휴식을 알리는 '하루 마감송'이었다.

　열심히 해도 티 안 나고, 안 하면 바로 티 나는 일이 집안일이라고들 말한다. 육아를 하다 보면 자연스레 집의 청결 상태에 민

감해진다. 특히나 셋째 아이가 심혈을 기울여 엄지와 검지에 작은 먼지 뭉치를 만들어 가지고 올 때면 청소에 대한 전투 의지가 활활 타오른다.

아이들이 한창 구강기였던 때, 걸핏하면 아무거나 입에 넣고 빠는 바람에 청소에 집착할 수밖에 없었다. 가끔 장염으로 며칠째 설사를 하는 아이를 보면 위생과 청결이 부족했던 탓이라고 생각해 더욱 열심히 청소하곤 했다.

가끔 SNS나 잡지에서 아이를 키우면서도 깔끔한 인테리어를 유지하는 집을 보면 신기한 마음이 든다. '아이가 있는 집이 어떻게 저리도 깨끗할까?' 그러고는 나도 매일 아침 깨끗한 집을 마주할 수 있을 거란 기대감으로 부지런히 치우게 된다. 하지만 블랙홀 같은 육아와 집안일에 올인하는 하루를 보내면, 밤이 다 되어서야 지친 몸으로 소파에 널브러진다. 그러다가 더 이상 몸이 혹사당하는 하루를 보낼 수는 없다고 생각하게 됐다. 나를 아끼고 사랑하는 '나나랜드'의 회복이 절실했다. 그래서 가사와 육아에 대한 강박을 조금 내려놓기로 했다. 매일 밤 자기 전, 다음 날 집중할 일을 딱 한 가지로 축소시켰다. 예를 들어 내일 집중할 일이 화장실 청소라면 다른 부분은 간단히 정리만 하는 것이다. 육아 또한 맛있는 저녁 식사 메뉴에 초점을 둘 것인지 아이들과의 식후 놀이에 집중할 것인지를 선택해 그 한 가지에만 집중했다.

예전에는 시간을 효율적으로 활용할 생각만 하면서 살았다. 1분 1초가 아까운 사회를 살아가다 보니 생산성에 초점을 맞춰 행동하게 됐다. 매일 바쁘게 움직였고, 바빠야 내가 살아 있다고 믿었다. 하지만 아이들이 태어난 이후 수시로 어긋나는 계획과 일정을 마주하면서 삶이 무엇인지 깊게 생각하게 됐다. 삶은 매일 급하게 해치워야 하는 것이 아니라 찬찬히 살피며 음미해 가는 것임을, 시간에 쫓기는 게 아니라 내게 중요한 것에 시간을 들여 쓰는 것임을 알게 되었다.

이제는 매일의 미션 한 가지를 완수한 다음 '오늘은 여기까지!'라고 마음먹는다. 이렇게 다음을 기약하고 나면 가사와 육아의 무게가 덜어지는 것을 느낀다. 집이 조금 더러워져도 괜찮고 못한 건 남편에게 부탁하거나 내일로 미뤄도 된다는 마음의 틈을 허락하기로 한다. 또한 무결점의 청결한 환경이 무조건 좋은 것은 아니라고 생각하며, 항상 정돈된 곳에서 아이를 키워야 한다는 스트레스에서 벗어나기로 마음먹는다.

나를 아끼고 사랑하는
'나나랜드'의 회복이 절실했다.
그래서 가사와 육아에 대한 강박을
조금 내려놓기로 했다.

한쪽 귀로만 듣는 지혜

✻
✻
✻

만병의 근원은 스트레스라고 했던가. 세 아이를 혼자 돌보다 보면 가끔씩 급속도로 피로가 밀려든다. 그때가 당도하면 어김없이 몸에서 예상치 못한 이상 신호가 포착된다. 이번에는 귀다. 왼쪽 귀. 귀 곁에 난 작은 구멍에 염증이 생기면서 점점 살갗이 부어올랐다. 어떤 날에는 귀 주변의 머리까지 아파 잠을 이루지 못했다. 이비인후과에 갔더니 대학 병원에 가서 수술 날짜를 잡으라고 했다. 진통제와 항생제로 두어 달을 버티고 나서야 드디어 수술을 했다. 나를 귀찮게 했던 염증은 한 시간의 수술로 말끔히 사라졌다. 수술 후 한동안은 이따금 욱신거리고 쓰라린 왼쪽 귀에 적응해야만 했다. 그렇게 한쪽 귀로 살게 되면서 가끔 예기치 않은 일들로 주변에 웃음을 선사하기도 했다. 주말 아침 식사 당번인 남편이 아이들 밥을 챙기며 물었다.

"아침에 간단히 포스트에 사과 깎아서 애들이랑 먹을까?"

"뭐? 토스트에 사과를 갈아 넣어서 우유에 말아 먹자고?"

나는 내 귀에 전달된 내용을 거침없이 내뱉으며 한쪽 귀만 일하고 있다는 사실을 어필했다. 그 말도 안 되는 문장 덕분에 가볍게 웃으며 하루를 시작했다. 이렇게 한쪽 귀에 의지하며 몇 주를 지내 보니 문득 아이의 성장을 지켜볼 때도 가끔은 양쪽 귀가 아닌 한쪽 귀로 지내야 하는 순간도 필요하지 않을까 하는 생각이 들었다.

아이가 네 살 후반이 되면 엄마들은 본격적으로 다양한 교육 정보를 접하게 된다. 어린이집 졸업 후 유치원 입소를 앞두고 있고, 기관 이외 교육을 시작할 수 있다는 신호탄이 울려 퍼지는 시기이기 때문이다. 모국어인 한글보다 영어를 일찍 깨치길 바라거나 두 개의 언어를 동시에 사용하기를 원하는 부모들은 24개월 이전부터 영어 조기 교육에 열을 올린다. 조기 교육과 선행 학습이 한국의 일반적인 교육 현실임을 아이 하나쯤 키워 본 부모라면 모두 알 것이다.

처음 듣는 교육 정보는 언제나 엄마의 욕심을 자극한다. 하지만 '몇 세에서 몇 세에는 이런 걸 해야 한다'는 정보는 들으면 들을수록 혼란스럽다. 그런 정보를 들으면 우리 아이의 학습 상태가 매우 도태된 것처럼 느껴지고, 나는 자연스레 게으른 엄마로 낙인찍힌다. 만 3세까지 육아의 첫 스테이지를 어렵게 돌파하고 왔더니, 시작하자마자 잘못 누른 테트리스 블록처럼 이런저런 정보들이 울퉁불퉁 쌓여 간다. 아찔하고 숨이 막힌다. 정보의 홍수 속에서 내 길을 찾아가는 건 만만치 않은 일이다. 하지만 아직은 어린 내 아이들이 어떤 일을 좋아할지, 어떤 일을 하며 살지에 대한 많은 가능성이 열려 있기에 그 선택을 가로채고 싶지 않다. 눈과 귀를 모두 막고 살 수 없는 세상이라면 가끔은 대범하게 한쪽 귀로만 사는 법도 터득해야 하지 않을까 싶었다.

가끔 세 아이가 탄 유모차를 밀고 등하원을 하다 보면 짧은 시간에 다양한 사람들을 만난다. 아이 셋이 탄 유모차를 보는 사람들의 반응은 참 제각각이다. 슬쩍 옆으로 다가온 60대 후반 할머니는 '나도 쌍둥이 키워 봐서 알아'라고 나직이 말을 건네고, 횡단보도에서 마주친 비슷한 연배의 낯선 여자는 '힘내세요!'라는 응원을 던지고 수줍게 사라진다. 눈과 손가락으로 '저기 아이가 셋이나 있다'고 수신호를 주고받는 사람들도 있다. 어쩔 땐 마음의 소리를 입 밖으로 내는 사람도 마주친다.

"어머머, 애가 셋이야. 유모차 아래 칸에도 애가 하나 더 있네? 나라에 좋은 일 하셨네. 아들만 셋이니 딸 하나 더 낳아야지? 여러 번 낳을 거 한 번에 해결했네. 엄마가 참 힘들겠네. 엄마가 용감하네."

나는 유모차를 밀면서 한쪽 귀를 바람으로 틀어막고 마음속으로 이렇게 외치며 유유히 무리를 지나친다.

'엄마만 힘든 게 아니라 아빠도 힘들답니다! 국가의 저출산을 걱정해 좋은 일 하려고 출산을 계획하는 애국자가 어디 그리 많을까요. 쌍둥이 임신이 얼마나 힘든데 한 번에 둘 낳았다고 생산성을 운운하나요? 인간은 원래 단태아 동물이라고요! 경험하지 않았으면 그냥 아무 말도 마세요!'

내 아이들이 어떤 일을 좋아할지,
어떤 일을 하며 살지에 대한
많은 가능성이 열려 있기에
그 선택을 가로채고 싶지 않다.

성숙한 가족이
되어가는 길

*
*
*

저녁 식사 설거지를 마치고 좀 쉬어 볼까 하며 엉덩이를 소파에 대면, 세 녀석이 득달같이 달려온다. 왼쪽 허벅지에 하나, 오른쪽 무릎에 하나, 나머지 한 녀석은 등 뒤에서 목젖까지 바짝 껴안고는 서로 엄마 품을 차지하겠다고 난리 법석이다. 퇴근하고 돌아온 남편이 이 모습을 보며 오늘도 어록을 남긴다.

"너희 넷은 매월 통장에 생활비만 꽂히면 나 없이도 행복하겠어."

이 말을 들은 나는 어이없다는 투로 대꾸한다.

"그게 뭔 말이래유? 지금 앉지도 못하고 애들한테 시달리는 거 안 보여?"

한창 야근으로 얼이 빠진 남편 눈에 이런 우리의 모습이 퍽 다정하게 보였나 보다. 외투를 벗는 그의 손길에 피곤의 기색이 켜켜이 쌓여 나는 말을 더 잇지 못하고 바라만 봤다. 주 52시간 근무제가 도입된 몇 주는 비교적 일찍 퇴근하더니, 연말이 되자 어김없이 다음 해 계획과 보고 일정으로 바쁘다. 주말에도 회사에서 연락이 오면 밥을 먹다가도 앉은 자리에 노트북을 펴 자료를 확인했던 그였다.

남편은 임신 기간 동안 내가 태동을 느끼는 것이 부럽다고 말할 정도로 임신과 출산에 관심이 많았다. 내가 임신 과정을 겪으며 엄마가 되는 동안 그 역시 아빠가 되는 여정을 충실히 해냈고, 월급쟁이 남편이라 오랜 시간 육아에 참여하지 못함을 미안해 했다. 가장 아쉬운 건 아이들이 커가는 모습을 세세하게 눈에 담지 못하는 것이라고 했다. 하지만 그런 마음과는 달리 시간이 지날수록 아빠의 빈자리는 점점 더 늘어만 갔다. 남편은 입버릇처럼 '일하는 소로 전락한 기분이다'라는 말을 하는데, 그건 서글프지만 부정할 수 없는 현실이었다.

가끔 지쳐 돌아온 남편 등 위로 아이 셋이 올라타는 광경을 보면, 나와 아이들이 고단한 남편의 어깨를 더 무겁게 짓누르는 건 아닐까 생각하게 된다. 맞벌이로 그의 노고를 나눠 질 고민도 수차례 했다. 그 생각을 할 때면 세 아이와 직업 사이에서 여러 번 저울질을 해야만 했고, 일하는 걸 좋아했던 나는 이따금 우울해지기도 했다.

매일 쌓이는 집안일과 세 아이 육아를 혼자 감당하다 보면 자주 마음이 건조해진다. 아이들이 던지는 예쁜 미소나 귀여운 행동들이 건조한 마음을 충분히 적시지 못하고 메마른 땅에 자국만 남기는 빗방울처럼 증발되곤 한다. 보통은 너무 힘들고 지치다가도 아이들이 웃어 주면 고단함이 사라진다고들 말한다. 그러나 잘 때조차 아이들 뒤척이는 소리에 예민하게 귀를 열고 있는 내게 아이들의 웃음소리가 그만큼의 마력을 발휘하지는 않았다. 하루의 끝 무렵 쉬고 싶은 엄마에게 달려드는 아이들이 마냥 사랑스럽지만은 않은 걸 보니 말이다. 이럴 때면 내게 모성은 별개의 단어일지 모른다는 생각을 한다.

육아는 엄마 혼자 짊어져야 할 몫이 아니다. 아빠와 함께, 그리고 온 가족이 다 같이 동참하고 교감해야 하는 일이다. '아이들 돌보느라 고생 많았지', '일하느라 수고 많았어'라는 따뜻한

안부 인사처럼, 내 식구가 내 수고를 알아주는 것보다 더 큰 위로는 없다. 문득 식구食口라는 단어의 의미가 크게 다가온다. 끼니를 나누며 서로의 안부를 묻고 고단함을 보듬고 껴안아 주는 사이. 육아란 식구인 우리가 함께 매일을 나누고 성숙한 가족을 만들어 나가는 여정이 아닐는지.

육아는 엄마 혼자 짊어져야 할 몫이 아니다.
아빠와 함께, 그리고 온 가족이 다 같이
동참하고 교감해야 하는 일이다.

아이와 함께
자라고 있습니다

*
*
*

"엄마, 이러다 밥 다 타겠어! 가스 불 켜놓고 자리를 비우면 어떡해. 프라이팬에서 불이 날 것 같으다고오! 엄마? 엄마아아!"

저녁 밥을 하다가 화장실이 급해 잠깐 달려갔는데, 그새 첫째 아들이 소리친다.

"엄마 여기 있어! 엄마 잠깐 화장실 간 거야, 오래 안 걸려서 잠깐 간 거야."

아이는 최근 유치원에서 안전 교육을 받으며 들은 주의 사항을 잔소리하듯 잔뜩 늘어놓는다. 불이 났을 때 대피 요령까지 손가락으로 가리키며 하나하나 설명한 후에야 제자리로 다시 돌아간다. 집에 불이 날까 걱정이 됐는지 아이는 꽤나 진지하다.

여태까지는 내가 아이를 키우고 있다고 생각했다. 그런데 이럴 때면 누가 누굴 키우는 건지 의문스럽다. 내가 배 아파 낳은 아이니까 '부모가 자식을 키운다'는 표현이 당연하다고 여겼다. 그런데 아이와 보낸 지난 7년을 되돌아보면 그 사이 정말 자라고 있던 건 '너'일까 아니면 '나'일까. 아이가 나를 미치도록 힘들게 할 때마다 아이 탓을 했는데 사실은 그냥 내 마음이 힘들었던 것은 아닐까. 지난 7년 동안 아이와 나는 모습도, 생각도 참 많이 변했다. 그나마 다행인 것은 아이도, 나도 전보다는 표정에 한결 여유가 생겼다. 아마도 누구를 키워 내야 한다는 버거운 책임과 강박 관념을 내려놓아서일지도 모르겠다.

나는 한동안 '엄마니까'라는 말을 외면했다. 뭐든지 그 말 하나로 끝맺음되는 엄마의 역할이 누군가 내게 억지로 쥐어 준 삶처럼 느껴져서였다. 출산 후 '엄마'라는 테두리 선 안쪽으로 들어오게 되었고, 그 안에서의 삶을 숨 막히게 경험했다. 사교육 열풍으로 뒤덮인 한국 사회에서 아이와 중심잡기를 하며 산다는 것은 마치 외줄타기 같았다. 교육 방식에 대한 다양성이 인정되지 않는 분위기에서 나만의 방식을 고집한다는 것은 매우 튀는 행동이기 때문이다. 또 남들처럼 하지 않았을 경우에 감내해야 하는 미지의 불안은 초조한 마음으로 이어졌다. 그럴 때마다 나는 '바람이 분다 살아야겠다'고 말하던 시를 떠올리며, 내 앞에 놓인 거친 시간들을 살아낼 바람이 불기를 기다렸다. 그래서 나는 내 방식대로 삶을 사는 나다운 엄마가 되기로 했다. 누구의 삶도 모방하거나 탐닉하지 않고 그저 내가 좋고 우리가 좋으면 그만인 단순한 공식대로 말이다. 내 삶도 네 삶도 누가 대신 살아 줄 수 없는 한 번뿐인 인생이기에.

나는 내 방식대로 삶을 사는 나다운 엄마가 되기로 했다.
누구의 삶도 모방하거나 탐닉하지 않고
그저 내가 좋고 우리가 좋으면 그만인
단순한 공식대로 말이다.

세상에
좋은 엄마는 없다

*
*
*

'날씨가 좀 추워졌다 싶더니만 또 아프네…. 나도 어릴 때 감기 잘 걸렸었는데. 나 때문인가?'

아픈 아이를 보면 오만 가지 생각에 마음이 어지럽다. 첫째는 자연 분만을 해서 나름 '면역력 샤워'를 해 줬는데, 쌍둥이는 제왕 절개로 낳아 자주 아픈 걸까? 유도 분만을 하며 이틀을 버티다가 결국 수술을 한 것인데…. 그래도 더 버텨 볼 걸 그랬나.

코가 막혀 밤새 뒤척이고 마른기침을 연거푸 쏟아 내는 아이들을 볼 때면 가슴 깊은 곳에서부터 죄책감이 유유히 떠오른다. 덤벙거리고 급한 성격을 가진 아이를 보면 나와 남편 중 누구의 DNA를 닮은 건지 고민에 빠지기도 한다.

살면서 외면하려고 노력했던 말은 '후회'라는 단어다. 한번 후회에 사로잡히면 돌이킬 수 없을 정도로 그 마음에 집착하게 되고 '그때 왜 그랬을까'라는 못난 되새김질을 하게 된다. 초보 엄마 시절, 아이를 키울수록 자라나는 불안감은 나의 자존감을 떨어뜨리고 자책과 우울의 마음을 불러오곤 했다. 조리원에서 집으로 돌아온 다음 날이자 남편의 짧은 출산 휴가가 끝난 날, 불안한 마음이 시작됐을 것이다. 그날 나의 미션은 아이와 단 둘이 저녁까지 잘 버티는 것이었다. '과연 내가 너를 잘 돌볼 수 있을까'로 시작된 물음은 '내가 좋은 엄마가 될 수 있을까'라는 끊임없는 반문으로 이어졌다. 그 이후 열심히 육아서를 찾아보고 강연도 들으러 다니면서, 자매로 커온 내가 이해하기 힘든 아들의 세계에 들어가기 위해 여러 시도들을 했다.

내가 이렇게 열심인 이유는 결혼이 이제는 필수가 아닌 선택이 되었기 때문이다. 결혼은 더 이상 꼭 해야 하는 인생의 통과 의례가 아니다. 자식을 낳는 것도 선택이 되는 현실에 살고 있다. 그래서 우리는 각자 택한 길을 후회하지 않기 위해 온 힘을 다한다. 그리고 스스로에게, 또 남들이 보기에도 완벽한 모습의 좋은 엄마가 되기 위해 노력한다. 집안일에 능통하고 요리에 탁월하며 교육에도 밝은 그런 엄마. 아마도 성공적인 임무 완수는 아이들이 좋은 대학에 가서 번듯한 직업을 갖고, 결혼해서 좋은 가정을 꾸리는 일로 마무리될 것이다. 그렇게 아이들이 나보다 더 나은 삶을 살길 바라는 마음으로 유아기 선행 학습과 교육에 열을 올린다. 사람들이 말하는 '좋은 엄마'란 타인의 부러움을 살 만한 조건을 갖춘 아이를 키워 낸 완벽한 엄마에 더 가까운 것 같다.

그러나 나는 세상에 '좋은 엄마'란 없다고 생각한다. 내게 '좋은'이라는 수식어는 '만족할 만하다', '적절하게 좋다'는 뜻 정도일 뿐이다. 누가 '좋은 엄마'라는 추상적인 개념에 정확한 의미를 부여할 수 있단 말인가. 그렇기 때문에 나는 '좋은 엄마'가 되려고 노력하지 않는다. 다만 '나다운 엄마'가 되기 위해 노력한다.

이제 갓 여섯 살이 된 아이는 가끔 뜬금없는 고백을 한다.

"나는 엄마가 제일 좋아."

나는 개구쟁이처럼 묻는다.

"엄마가 왜 좋아?"

아이는 서슴없이 답한다.

"우리 엄마니까. 재모 엄마잖아."

우리 모두 아이가 말하는, 지금 여기에 있는 '좋은 엄마'에 눈 뜨길 바란다. 나는 이미 존재 자체만으로도 충분히 좋은 '엄마' 이니까.

우리 모두 아이가 말하는,
지금 여기에 있는 '좋은 엄마'에 눈뜨길 바란다.
나는 이미 존재 자체만으로도
충분히 좋은 '엄마'이니까.

아이 고유의 영역을
지켜 주자는 약속

*
*
*

무더운 여름밤, TV 프로그램에서 하는 육아 강연을 듣던 중이었다. 가만히 앉아만 있어도 이마에 송골송골 맺힌 땀이 뺨을 타고 흐르는 만삭의 몸이었고, 나날이 배의 무게가 달라지고 있다는 걸 느끼던 때였다. 쌍둥이 출산이 임박해지자 나와 남편은 첫째가 동생들의 얼굴을 마주하고 어떤 반응을 보일지 걱정이 됐다. 남편은 첫째의 마음을 매우 신경 쓰고 있었다. TV를 보던 그가 갑자기 눈물을 훔치며 말했다.

"왕좌를 빼앗긴 왕의 심경을 네가 알아? 재모가 지금 딱 그 기분일 거라고…."

"나는 왕이 아니라서 그 기분은 모르겠고… 근데 그게 눈물을 흘릴 만큼 슬픈 일이야?"

첫째에게 초음파 사진을 보여 주며 동생의 존재와 그 존재가 둘이라는 사실을 알려 주기는 했지만, 실제로 맞닥뜨릴 아이의 반응이 좀처럼 상상이 되지 않았다. 뭐든 자연스럽게 받아들이며 살아가는 우리 부부 스타일대로 힘들면 힘든 대로, 또 그렇지 않다면 다행이라 여기며 지나가겠지만, 아이가 처음 겪는 일은 매번 긴장되고 늘 마음이 쓰였다.

집에 사다 놓았던 쌍둥이 인형이 효과가 있었던 걸까. 재모는 동생이 태어난 후 우리의 예상보다 더 잘 적응했다. 인형 놀이하듯 분유를 타서 먹이고, 잠자는 동생을 토닥이거나 모빌을 움직여 주며 즐거워했다. 하지만 가끔 시부모님, 친정 부모님은 세 아이가 한 자리에 있을 때면 첫째에게 '형이 됐으니 동생을 잘 보살펴야 한다'는 말을 당부하듯 하시곤 했다. 그럴 때면 아직 형제의 개념이 모호한 아이에게 너무 강압적인 말을 하는 건 아닌가 싶었다. 동생이 생기는 일을 왕좌를 뺏기는 일처럼 억울하고 참혹한 상황으로 받아들이게 하고 싶지 않았다. 그래서 나와 남편은 아이들에게 우리가 어릴 때 형이라고, 누나라고, 언니라고 강요받았던 말을 하지 않기로 했다. 각자 아이의 성향에 따라 자기답게 자랄 수 있도록 아이 고유의 영역을 지켜 주자고 약속했다.

첫째라서 듬직해야 하고 모범을 보여야 하는 것은 아니다. 누구든 상황을 인지하고 맞닥뜨릴 때 어떻게 행동해야 하는지 정할 뿐이지, 태어난 순서에 의한 역할 서열은 존재하지 않는다. 서로가 평등한 위치에서 상호작용하는 관계만이 있을 뿐이다. 나는 아이들이 그 관계 속에서 각자의 개성과 능력의 차이를 인정하고 존중하길 바란다.

우리의 방식은 아이들의 나이에 맞게 눈높이를 맞춰 헤아리는 것이다. 다섯 살인 첫째는 다섯 살이 쓰는 언어와 행동 방식으로, 세 살 쌍둥이는 세 살 높이에 맞춰 이해하며 각자의 나이로 함께 사는 것이다. 우리 집 1호는 1호답게, 2호는 2호답게, 3호는 또 3호답게 자기다움을 갖고 자라기를 바란다. 형제로 묶인 세 아이들 사이에 서로에 대한 배려가 있길 바라고, 나와 남편이 없는 세상에서도 각자 자기의 위치에서 본인들답게 사는 방법을 터득해 나가기를 소망한다. 그리고 세 아이의 자기다움이 서로에게 선한 영향을 주기를 두 손 모아 기도해 본다.

5 7

아이들에게 우리가 어릴 때 형이라고, 누나라고,
언니라고 강요받았던 말을 하지 않기로 했다.
각자 아이의 성향에 따라 자기답게 자랄 수 있도록
아이 고유의 영역을 지켜 주자고 약속했다.

손 내미는 아이,
안아 주는 엄마

*
*
*

첫째가 네 살이 된 4월 무렵이었을 것이다.

"재모야, 엄마 손잡아 줄래?"

그러자 아이가 답한다.

"아니야! 친구 손잡을 거야!"

자신이 내민 손을 친구가 잡지 않자, 아이는 오기로 더 잡으려고 떼를 쓴다. 그 장면을 보고 나는 결국 아이를 번쩍 들어 안고 계단을 내려왔다. 아들과 내가 여전히 티격태격하는 이유 중

하나는 아이가 누구든지 또래 친구를 보면 그 친구의 손을 마구 잡으려고 하기 때문이다. 아이가 손을 내밀 때, 내민 손을 친구가 잡아 주면 신이 나서 서로 장난을 치며 걸어간다. 문제는 친구가 손을 잡아 주지 않을 때다. 아이가 손을 건네면 어떤 친구는 잡지 않기 위해 주머니에 손을 넣거나 뒤로 내뺀다. 놀란 마음에 도망가버리는 친구도 있다. 그러면 아이는 뒤따라가서 그 친구의 손을 잡으려고 고군분투한다. 내내 뿌리치는 친구의 손을 잡으려고 안간힘을 쓰며 억지를 부리기도 한다. 보다 못한 내가 다가가서 엄마 손을 잡으라고 타일러 보지만, 결국 아이를 들쳐 안아야만 상황이 정리된다. 아이는 왜 이렇게 남의 손을 잡는 일에 집착하는 걸까.

어느 날 아이와 슈퍼에 갔다 오는 길이었다. 두 살 정도 많아 보이는 여자아이가 아빠와 함께 우리가 타고 있는 엘리베이터에 탔다. 1층에 도착해 대부분의 사람이 내렸고, 우리도 함께 내려 집을 향해 걸어가고 있었다. 아까 마주친 부녀와 가는 방향이 같아 앞서거니 뒤서거니 걸었다. 그런데 갑자기 재모가 앞으로 뛰어 그 여자아이에게로 가더니 손을 내밀었다. 별안간 내민 손에 놀랐는지 여자아이는 뛰기 시작했다. 재모는 여자아이를 쫓아 뛰다가 결국 내가 보이지 않는 거리까지 이동했다. 그러고는 어느 순간 사방을 둘러보더니 주변에 엄마가 없다는 걸 인지하게 됐다. 마침 딸을 뒤쫓던 아빠는 엄마가 눈에 보이지 않아 당황하는 아이에게 친절하게 나의 위치를 알려 주었다. 아이는 제법 멀리 떨어져 서 있는 나를 발견하고는 엉엉 울며 뛰어왔다.

집에 와 속상한 마음에 아이를 크게 혼냈다. 오늘뿐만 아니라 평소에도 또래 친구만 보면 주변을 인지하지 않고 냅다 쫓아가기 때문이다. 재모는 어렸을 때부터 사람들을 유독 좋아했다. 처음에는 낯가림이 없고 누구에게나 잘 웃는 인사성이 밝은 아이의 성격이 좋다고 생각했었다. 그러나 차츰 낯선 사람도 거리낌 없이 따라가면 어쩌나 하는 걱정이 들었다. 아이가 자라면서 자연스럽게 새로운 장소와 사람에 대한 지각이 생기자 그런 불안감은 많이 사라졌으나, 유독 친구의 손을 잡는 행동은 고쳐지지 않고 있다.

아이를 혼낸 다음 날, 친정 엄마와 아이를 데리고 슈퍼에 갔다. 유모차에 탄 아이는 곧 내려 달라고 했다. 또래 친구를 발견한 것이다. 친구에게 달려가 손을 잡아도 되느냐고 다급히 물어본 뒤 대답도 듣기 전에 냉큼 손을 잡아 버렸다. 그러고는 이내 멋쩍은 얼굴로 입술을 깨물며 나를 쳐다봤다. '손 잡기 전에 친구에게 물어보라고 한 약속 지켰어요!'라는 표정을 가득 품고 말이다. 나는 손잡고 나란히 서 있는 아이들을 보며 아무 말도 하지 않았다. 그리고 우리가 갈 방향은 이쪽이라고 알려 주면서 자연스럽게 집으로 발길을 돌렸다.

네 살 재모에게 친구란 '함께 이야기하고 놀 수 있는 사람'이다. 동갑일 수도, 나이가 한두 살 많을 수도 있다. 아직 친구의 개념을 명확하게 이해하지 못하지만 함께 어울려 놀 수 있으면 그게 바로 친구다. 이름은 몰라도 된다. 그렇기 때문에 어떤 상황에서도 친구에게 손을 내밀 수 있다. 나는 또다시 고민에 빠진다. 놀고 싶어서, 이야기하고 싶어서 먼저 손을 내밀면 안 되는 걸까? 생각해 보면 손을 먼저 내밀지 말라고 혼내는 것도 우습다. 친구 손을 잡는 것이 나쁜가? 친구를 밀치고 때리는 것도 아니고 그저 손을 잡고 걸어가자는 것인데 말이다. 매번 아이에게 뭐라고 설명하며 설득해야 할지 말문이 막힌다. 막상 손을 잡아 주지 않는 상황에 놓이면 뒤에서 한 걸음 물러나 바라보고 있는 내 마음도 속상하다. 손잡아 주지 않는 아이의 엄마가 두 아이가 손을 잡도록 거들어 줄 때도 나는 친구가 지금은 손이 잡고 싶지 않다는 사실을 전달해 타이른다. 그러나 더 속이 상할 때는 친구 손을 잡는 우리 아이를 불쾌하게 쳐다보는 반대편 아이 엄마의 시선이다. '어머, 왜 모르는 친구의 손을 잡으려는 거야?' 하는 눈빛 레이저에 종종 마음을 다친다.

아이를 쫓아다니면서 말리는 나도 혼란스러웠다. 아이가 먼저 친구에게 손을 내미는 것이 내 자존심을 상하게 한다고 생각하는 것일까? 아니면 낯선 사람을 따라갈까 봐 정말 걱정하는 걸까. 아이를 키우다 보면 아이의 마음을 읽으려 하기보다는 부모의 가치관으로 판단하게 될 때가 많다. 조급증에 걸린 어른들이 아이를 기다려 주지 못하고 '이게 옳은 거야'라며 답을 말해 버린다. 아이가 직접 겪어 보기도 전에 말이다. 길잡이 노릇을 하자는 것이 결국은 부모가 가는 방향이 옳다고 아이를 잡아 끄는 모습이다. 나 역시 내 아이에게 그런 식으로 행동한 건 아닌지 반추해 본다.

이제는 재모의 손이 거부당하면 '재모는 왜 손을 먼저 내밀까'라고 생각하기보다 거절된 손을 보는 아이의 마음이 어떨까 먼저 생각하기로 했다. 그리고 내가 아이를 더 깊게 안아 주자고 되뇌인다.

길잡이 노릇을 하자는 것이
결국은 부모가 가는 방향이 옳다고 아이를
잡아 끄는 모습이다. 나 역시 내 아이에게
그런 식으로 행동한 건 아닌지 반추해 본다.

아이의 보폭으로
함께 걷는 길

여행이라는
고단하고 소중한 도전

*
*
*

"2년 전 오늘의 사진입니다. 공유하시겠습니까?"

아침에 눈을 뜨면 밤사이 업데이트 된 SNS를 간단히 체크한
다. 오늘도 어김없이 인스타그램과 페이스북을 열었는데, '과거
의 오늘'을 알리는 자동 알림창이 떴다. 11개월 차 첫째 아이를
데리고 일본 오키나와로 여름 휴가를 갔던 사진이 여러 장 뜬다.
여행 직후 집에 돌아와 여행을 정리하는 의미로 업로드했던 사
진이었다.

여행을 떠나기 전 가방 안에 이유식과 옷가지를 챙기는 모습, 정리한 물건들을 모두 흐트러뜨리는 아들의 분주한 손동작, 기내 베시넷(아기 침대)에서 잠든 아이의 얼굴, 맛집에 가기 위해 아기 띠를 한 채 스마트폰으로 길을 찾는 남편과 띠 안에서 버둥거리는 아이의 시선, 츄라우미 수족관에서 고래상어를 보고 있는 나와 남편, 우측 운전대에 앉아 숙소를 찾느라 긴장한 남편의 모습 등 당시 추억이 고스란히 담겨 있었다. 사진 속 우리는 대부분 환하게 웃고 있었기에 그때의 여행이 마냥 즐겁고 행복했을 거라는 착각을 하게 한다. 하지만 그 여행의 마지막 밤, 나는 울면서 짐을 싸고 있었다.

우리 부부에게 일본은 남다른 추억이 있는 곳이다. 남편과 연애하면서 첫 여름 휴가로 떠났던 곳이자 계획표를 짜기 좋아하는 그의 시간표에 맞춰 알차고 만족스럽게 다녀온 여행지였다. 그때 나는 남편이 얼마나 꼼꼼한 사람인지 다시 한 번 알 수 있었다. 막판에는 여행을 즐기기보다 일정에 발목이 잡혀 몸이 고단할 정도였으니 말이다. 아이와의 첫 해외여행 목적지를 일본으로 정한 것은 비교적 가까운 거리이고, 고래상어를 직접 보여 주겠다는 야심 찬 포부와 일본에 대한 남다른 추억 때문이었다. 그러나 나흘간의 여행 내내 즐거웠던 기억은 사진에 담긴 몇 순간뿐이었다. 아들에게 그곳은 온갖 사소한 것들이 신기해 보이는 '호기심 천국'이었으니까.

우리가 머문 숙소에는 그 흔한 유아용 식탁 의자에조차 안전벨트가 없어 아이를 이고 지며 밥을 먹어야 했다. 철판 스테이크를 먹으러 갔을 때, 요리사가 직접 보여 주는 화려한 불쇼는 아이의 안전을 위해 생략되었고 우리는 구워진 고기를 씹어 삼키느라 정신이 없었다. 작은 폭포 바로 옆에서 소바를 먹을 수 있다는 100년 전통의 유명 맛집에서는 유아 동반 고객이라는 이유로 폭포와 멀찌감치 떨어진 자리를 안내받았다. 지인의 추천으로 찾아간 스시 집에서는 식탁을 횡단하려고 끊임없이 시도하는 아들을 저지시키느라 진땀을 빼기도 했다. 이렇게 힘든 여행을 보내고 마지막 밤을 맞이하자, 짐을 챙기면서 절로 울음이 복받쳐 올랐다. 누구를 원망하거나 나의 육아 방식에 대해 평가를 받은 것도 아닌데 그냥 울음이 터져 나왔다. 아마도 집이었으면 매일 조금씩 힘들었을 육아가 나흘이라는 짧은 기간 동안 집약적이고 반복적으로 휘몰아쳤기 때문이리라. 심신이 힘들어 울기는 했지만 곧 눈물을 닦고 남편과 우리가 보낸 여행의 소감을 나누다 잠이 들었다. 가족 여행의 마지막이 늘 그렇듯 '당분간은 멀리 나가지 말자'는 말로 마무리됐다.

그러나 6개월 뒤 우리 부부는 두 번의 국내외 여행을 계획했고 또 다시 떠났다. 물론 완벽한 여행은 아니었다. 유아를 동반한 여행은 계획대로 흘러가지 않는 게 당연하다. 그럼에도 불구하고 매번 떠나는 이유를 묻는다면 대답은 '그냥 떠나고 싶어서'가 될 것이다. 바꿔 말하면 '새로운 시도'라고 할 수 있지 않을까. 회사를 다닐 때는 휴가를 계획하는 것만으로 1년을 버틸 수 있을 만큼 휴가와 여행이 주는 의미가 남달랐다. 그때처럼 훌훌 떠날 수 있을지에 대한 답은 불확실하다. 그러나 계획을 짜기 시작할 때 이미 여행을 하는 듯 설레는 나를 마주한다. 여행은 육아에 지쳐 소파에 널브러진 나를 일으켜 세우는 건강한 시도다.

가족 여행은 일상을 환기시키는 역할도 하지만, 집이 아닌 타지에서 온전히 우리만의 시간을 보내며 느끼는 즐거움에 더 큰 의미가 있다. 여행 중 여러 상황을 겪으며 하는 새로운 경험이 아이를 바라보는 시선에 여유를 주기도 한다. 우리 부부에게 여행은 여전히 큰마음을 먹어야 하는 도전이지만 여행에서 부딪치는 문제를 해결해 가며 아이도 우리도 성장하고 있다는 것을 확인할 수 있다. 그래서 우리는 여행을 멈출 수가 없다. 서로 공유하는 추억이 쌓여 우리 가족, 나와 네가 서서히 특별한 존재가 되어 간다. 좋은 기억이든 나쁜 기억이든 여행지에서의 시간은 한시적인 것이기에 끝나면 모든 것이 추억이라는 이름표로 남는다. 여행이라는 무모한 도전을 물음표 백 개를 머리에 얹고도 매번 기꺼이 동행하는 남편이 있어 감사한 마음으로, 언제 떠날지도 모르는 다음 여행을 계획해 본다. 우리가 놓친 여정 중 하나일 것이라는 사소한 이유를 핑계 삼아 그렇게, 그렇게.

서로 공유하는 추억이 쌓여 우리 가족,
나와 네가 서서히 특별한 존재가 되어 간다.

아이의 세계에
타인이 들어왔을 때

*
*
*

TV 뉴스에서 복무 기간 단축과 관련해 달라진 군대의 이모 저모에 대해 보도하고 있었다. 이를 본 내가 남편에게 장난스레 말을 건넨다.

"난 애들이 군대 가면 훈련소 옆에 텐트치고 살 거야! 안 돼, 가지 마아!"

"야, 너 그러면 잡혀 가!"

군에서 잠시 조교를 담당했던 그가 정색하고 외친다. 그 모습에 나는 붉게 물든 눈시울로 큭큭 대며 울고 웃었다.

너스레를 떨며 남편의 말을 받아넘겼지만 마음 같아서는 '아들아, 힘내!'라고 써진 피켓을 들고 잘 버티라 응원해 주고 싶은 심정이다. 그러나 아이들이 스무 살이 다 넘을 긴 시간 동안 그럴 열정이 내 안에 남아 있을지는 의문이다.

부모들이 중고등학생 자녀들을 학원으로 픽업 가던 것이 요즘에는 취직 이후 퇴근 라이딩으로까지 이어진다고 한다. 회사에 취직한 자식의 분기 평가가 나쁘면 부모가 인사과에 전화해 이유를 따져 묻는 세상이다. 이렇게 자식을 품속에 두고 싶은 부모와 부모에게 더 기대고 싶은 자녀의 마음이 만나 독립의 시기를 늦추고 있다. 그러나 자식을 품에 끼고 놓지 못하는 것은 아이들 때문이라기보다는 부모 때문이 아닐까라는 생각이 든다. 내 아이가 별 탈 없이 잘 살아야 한다는 부모의 기대와 욕심에서 비롯된 결과가 아닐는지.

남편과 신혼 시절 종종 아이들이 태어난 후 우리의 우선순위는 어떻게 될지 이야기를 나눈 적이 있다. 실제로 남편은 아이들이 태어난 이후 무엇이든 남편보다 아이들이 우선인 나의 태도를 탐탁해 하지 않았다. 그렇지 않다고 몇 번이나 말했지만 먹는 것부터 모든 장소, 동선 선택의 첫 번째 기준이 아이들이 된 것이 내심 서운했던 것 같다. 맙소사, 아내에게 아들인 척 기대는 남편이 있다더니 내 남편이 그럴 줄이야! 부모 자리에 있어야 하는 남편이 슬쩍 아들 행세를 할 때면 속으로 '제발 철 좀 들어라!'는 말이 절로 튀어나온다.

아이가 셋이라서 그럴까. 나는 아이들이 빨리 독립하기를 바라는 마음으로 산다. 가끔은 빨리 늙었으면 좋겠다는 우스갯소리를 하기도 한다. 적어도 아이가 스무 살이 되면 기저귀를 갈아 줄 일도 없고, 식탁 아래로 흘린 이유식을 치우지 않아도 되고, 미끄럼틀을 타는 아이를 보며 팔이 빠질까 손가락이 접질릴까 하는 걱정을 안 해도 될 테니 말이다. 어떤 날은 그런 수고가 감당이 안 될 때도 있다. 그럴 때 남편에게 힘들다는 투정을 하면 그는 이렇게 말한다.

"그냥 손님 대하듯이 해. 잠깐 집에 놀러 왔다고 생각하고 해 줘야 하는 것만 해 줘."

사실 이 말대로 하기가 가장 어렵다. 내 아이를 남처럼 대한다는 게 가슴으로 와닿지 않기 때문이다. 그런데 첫째 재모의 다섯 살 무렵, 아이가 좋아하는 여자 친구에 대해 이야기하면서 환한 얼굴로 행복해 하는 모습을 봤다. 그때 '아차!' 싶었다. 내가 남편을 만나 부모님을 떠나 온 것처럼 내 아이들도 언젠가 성인이 되고 반려자를 만나면 부모의 품을 떠난다는 것을 깨달았다. 항상 엄마가 세상에서 제일 좋다는 아이였는데 이성에 대한 관심이 생겼다는 말이 신기했다. 아이에게 이런 면이 있었다니! 나는 장난스레 '엄마가 더 좋아, 그 여자 친구가 더 좋아?' 하고 놀렸지만 '엄마도 좋고 걔도 좋아. 그런데 걔가 조금 더 좋기는 해'라며 미안하고 쑥스럽다는 듯 답하는 아이를 보니 묘한 마음이 들었다. 아이 마음의 중심에 엄마와 아빠가 있었는데 점점 친구나 이성으로 그 축이 이동하기 시작한 것이다.

아이의 마음에 타인이 들어오면서 아이의 세계는 점점 넓어져 간다. 다른 사람들과 어울려 배려하는 마음을 배우고 그 안에서 아파하기도 하고, 함께 즐기는 법도 알아 가길 바란다. 아이와 어른의 경계선에서 더 나아가기를 망설이는 아이들이 많아지고 있다. 나는 우리 아이들이 부모 주변을 서성이기보다는 눈물을 머금더라도 온 힘을 다해 제 발로 뛰어올라 진짜 '나'의 길을 만들며 살길 바란다. 본인의 방식을 찾아 나가는 과정이 진정한 인생이며, 그 여정에 임하는 것이 곧 '삶'이라는 깨달음을 얻길 바라면서.

우리 아이들이 부모 주변을 서성이기보다는
눈물을 머금더라도 온 힘을 다해 제 발로 뛰어올라
진짜 '나'의 길을 만들며 살길 바란다.

아이의 보폭으로
함께 걷는 길

*
*
*

첫째의 다섯 살 봄이었다. 아이는 유치원 하원 때가 되면 '드디어 하원이다!' 하며 빗장 풀린 망아지처럼 몹시 흥분했다. 내가 선생님과 인사를 나누는 잠깐 동안 아이는 눈앞에 보이는 다른 친구의 장난감을 뺏거나 친구의 장난감 자동차 위를 오르내리며 하원 세레모니를 시작한다. '그래, 해라. 세레모니' 하며 마음속으로 깊게 심호흡을 하고 있으면, 종종 주변 엄마들이 눈살을 찌푸리고 쳐다보는 게 느껴진다. 나는 친구에게 해를 가하지는 않는 수위일 때는 아이의 행동이 스스로 자제될 때까지 기다려 주려고 한다. 하지만 문제는 다른 친구의 장난감을 빼앗고 돌려주지 않으려 할 때다.

'이제 친구한테 장난감 돌려주자'라고 말하면 아이는 이건 자기 거라고 우긴다. 나는 거듭 빨리 돌려주자고 말하면서 아이를 타일렀다. 그러자 장난감을 뺏긴 아이의 엄마가 내게 잠시만 기다려 보자면서 조용히 재모에게 말했다.

"재모도 집에 같은 장난감이 있나 보다. 그런데 이건 태언이가 가지고 온 거라서 다시 돌려줘야 해. 재모가 돌려줄 때까지 기다릴게."

그 말을 듣고 잠시 기다렸는데 5분도 지나지 않아 장난감을 순순히 내주는 게 아닌가. 보통은 뺏긴 아이가 돌려 달라고 울거나 소리를 지르기 때문에, 나는 재모가 장난감을 돌려줄 때까지 조용히 기다려 본 적이 없었다. 나는 두 아이에게, 또 이 상황을 기다려 준 태언이 엄마에게 고마웠다.

누구나 삶에 임하는 각자의 방식이 있다. 나 역시 내 방식으로 살고 있다고 믿었다. 나는 '나다운 자연스러움'을 모토로 내 걸음과 속도로 살고자 했다. 그러나 나의 시간표에 얽매여 아이의 속도를 잃어버릴 때가 있진 않았을까 하는 생각이 들었다. 한 걸음만 떨어져서 보면 되는데, 그 여유가 없어 한 치 앞을 보지 못하고 눈이 멀어 버린다. 그래, 말하는 대로 한 번에 바로잡을 수 있다면 어디 그 모습이 아이겠는가.

기다림에 조바심을 느끼는 순간, 내 마음은 곧 바스러질 것처럼 메마른 상태가 된다. 마음이 건조해지면 여유를 가지기란 좀처럼 쉽지 않다. 그래서 조바심을 최대한 느끼지 않도록 내 아이의 불완전함을 받아들이고 기다리는 태도를 가져 보기로 했다.

여섯 살이 되자 재모는 유치원에 가기 싫다는 말을 입버릇처럼 한다. 누군가 그랬다. 아이가 유치원이나 학교에 가는 건 자신을 위해서가 아니라 엄마를 위해서라고. 아이가 언젠가 유치원을 좋아하게 되길 바라는 마음으로 열심히 등원 시간을 지키다가도, 등원 길에 갑자기 아프다며 눈물을 뚝뚝 흘리는 모습을 보면 너무 내 속도로만 걷고 있던 것은 아닌지 반성하게 된다.

그래서 오늘은 쌍둥이 동생들을 먼저 데려다 준 다음에 첫째가 등원하는 것으로 동선을 변경했다. 우리는 이른 아침 주스 한 잔을 들고 아파트 단지를 산책하며 평소보다 30분이나 늦게 유치원에 도착했다. 한글을 조합해 읽는 재미를 느끼기 시작한 아이는 상가 전광판을 더듬더듬 읽어 나갔다. 한의원 전광판을 읽는데 아토피, 소아 비만 등의 단어에 아이의 어눌한 발음이 덧입

혀지자 웃음이 새어 나왔다. 둘만의 짧은 데이트를 마친 우리는 유치원 문 앞에서 힘껏 포옹을 한 다음 가볍게 뽀뽀를 나누고 헤어졌다. 아이는 엄마와 보내는 둘만의 시간이 그리워서 유치원에 가기 싫다고 한 것은 아니었을까. 그래서 당분간은 무작정 시간표에 맞추려고 하지 않고 천천히 아이의 걸음에 맞춘 하루를 보내기로 했다. 기다림이란 그저 흘려보내는 시간이 아니라 내 시간을 아이에게 주는 것이므로.

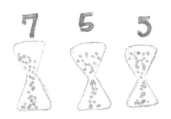

조바심을 최대한 느끼지 않도록
내 아이의 불완전함을 받아들이고
기다리는 태도를 가져 보기로 했다.

순수한 칭찬의 마력

＊
＊
＊

　중학교 여름 방학이었다. 무더위로 입맛이 없던 그때, 엄마가 쫄면을 만들어 주셨다. 가게에서 파는 쫄면과 완전히 같은 맛은 아니지만, 매콤한 엄마표 초고추장 소스와 살짝 스치는 참기름 냄새가 식욕을 돋웠다. 동생과 연신 맛있다고 외치며 먹은 그 쫄면은 방학 점심 단골 메뉴가 되었다. 하지만 어느 정도 시간이 지나니 슬슬 물리기 시작했다. 그때부터였을까? 내가 남보다 비교적 칭찬에 인색해진 것이. 그 이후 엄마에게 무언가 좋다는 말을 하기가 조심스러웠다. 돌이켜 보면 열세 살, 딱 나이다운 생각이었지만 지금 생각해 보면 그럴 필요가 있었을까 싶다. 그냥 단지 엄마의 음식이었는데, 질리면 질린다고 말하면 될 것을.

결혼을 하고 아이들 이유식을 챙기며 요리에 관심이 많아졌다. 싱글일 때에는 칼자루 한 번 쥐어 본 적 없는 내가 이유식 책을 서너 권 사서 닳도록 보게 될 줄이야. 세 아이 모두 이가 늦게 나서 자연스럽게 이유식을 만드는 시기가 길어졌다. 그렇게 요리의 기본 기술인 썰기, 다지기, 데치기, 간 맞추기, 다듬기 등이 몸에 배기 시작했다. 가끔은 레시피를 응용해 새로운 음식을 만들기도 하면서 점점 음식 만드는 재미에 빠져들었다.

"재모는 엄마가 해 준 음식이 제일 맛있어!"

첫째 아이가 식판에 놓인 음식을 집어먹으며 엄지손가락을 치켜 올린다. 나는 변덕스러운 아이의 마음이 바뀌기 전에 서둘러 내 엄지손가락을 아이 손가락에 맞댄다. 언젠가부터 아이가 해 준 칭찬이 내 마음에 기분 좋게 들어오기 시작했다. 칭찬의 의미를 진심으로 받아들일 줄 모르는 내게 아이의 솔직한 말은 너무나 투명하게 느껴진다.

아직 어린 세 아이는 칭찬에 춤까지 추는 활발한 사내아이들이다. 낯가리지 않는 외향적인 재모는 사실 여린 마음의 소유자다. 그래서 작은 일이라도 크게 칭찬해 줘야 자신감이 향상된다는 조언을 받은 적이 있다. 그 말을 들은 이후 칭찬에 인색했던 우리 부부는 크고 과한 칭찬을 의식적으로 연습하곤 했다. 한껏 톤을 높여 '우와!', '어머!', '이야!' 같은 단순 감탄사를 뱉는 것에서부터 구체적으로 칭찬받을 행동을 말해 주는 방식으로 발전해 갔다. 그냥 '고맙다'가 아니라 '엄마가 음식을 만드는 동안 동생들을 위해 블록으로 장난감 자동차를 만들어 줘서 고맙다'고 한다던가, '두 개뿐인 과자를 모르는 친구에게 나눠 줘서 너무 대견해'라고 말하는 식이다. 이런 칭찬은 아이가 타인을 배려하는 행위를 했을 때 자주 하게 된다. 가끔 아이에게 배려를 강요하는 어른들을 목격할 때도 있다. 남의 아이를 칭찬하는 일에 인색한 어른들을 만날 경우에, 나는 선수 치듯 배려를 베푼 아이의 마음에 먼저 고마움을 표한다. 그리고 배려란 누구에게나 선뜻 보이는 쉬운 마음이 아님을 다시금 깨닫게 된다.

이제는 아이가 해 주는 간지러운 칭찬들이 우리 부부에게 마법을 부린다. 아이가 해 주는 칭찬을 들을 때마다 더 맛있는 밥을 차려 주고 싶어 열심히 새로운 메뉴를 고민한다. 동화책을 더 실감나고 재미있게 읽어 주고 싶어서 다양한 목소리와 제스처를 연습한다. 좋은 음악을 들을 때는 아이와 함께 듣고 싶고, 아이에게 어떤 소리가 들리는지, 어떤 기분이 드는지 물어보기도 한다. 그렇게 우리 부부는 매일 내 아이가 더 궁금한 부모가 되어 간다.

언젠가부터 아이가 해 준 칭찬이
내 마음에 기분 좋게 들어오기 시작했다.
칭찬의 의미를 진심으로 받아들일 줄 모르는 내게
아이의 솔직한 말은 너무나 투명하게 느껴진다.

극한 육아 총량의 법칙

*
*
*

가장 행복한 때가 지나면 곧 불행이 찾아온다는 '행복 총량의 법칙'이 육아에 적용될 때가 있다. 한동안 평온한 모드로 육아가 지속될 때 본능적으로 아이의 떼와 짜증이 늘어나는 극한 육아의 시기가 임박했음을 느낀다. 물론 아이마다 그런 행동이 발현되는 시점이 제각각이지만, 유독 이전과는 다른 모습이 나타나는 때가 있다. 그럴 때 나는 지금 아이가 성장하고 있다는 신호로 받아들인다. 육아를 반복적으로 해온 탓도 있겠지만 세 아이를 7년째 지켜보며 늘어난 배짱이 발휘되는 순간이다. 첫째 아이를 기르며 생겨난 다양한 상황들에 익숙해지자 이제는 세 아이가 우는 소리도, 짜증 부리고 떼쓰는 행동도 아이들의 일반적인 행동 중 하나라고 이해하게 되었다. 아이가 울 때는 우는 이유를 찾아 빨리 울음을 그치게 하는 것도 좋다. 하지만 가끔은 울음과 결핍이 아이에게 많은 걸 알려 주기도 한다.

말이 느린 둘째는 요즘 짜증의 형태가 많이 변했다. 예전에는 무언가 잘 안 되면 울고 화만 냈는데, 이제는 짜증과 고집을 함께 부린다. 그 상태로 마구 버티는데 왜 그러는지를 물으면 대답이 없다. 며칠 전까지도 좋고 싫다는 표현을 분명히 했던 아이가 밥 먹기 전이라 간식을 더 줄 수 없다고 하니 가지고 있던 컵을 냅다 던져 버린다. 그리고 이내 바닥에 주저앉아 버둥거리며 떼를 쓴다. 안 그래도 이미 두 아이가 돌아가며 짜증을 부린 터라 '이제 네 차례구나' 싶었다. 한 번도 식기를 던진 적이 없었기에 그 행동에 대한 훈육을 했다. 훈육 후 아이를 안아 주고 왜 그런 행동을 하면 안 되는지 다시 한 번 일러 주니, 그제야 어렵사리 '네'라는 답을 들을 수 있었다. 수긍을 위한 시간이 길어질수록 아이의 뇌 활동이 활발해지고 있다는 뜻이다. 그리고 이는 아이의 생각이 자라고 있음을, 엄마가 분노를 조절해야 할 시기가 도래했음을 알려 주는 시그널이다.

첫째는 세 아이 중 비교적 많은 자극을 받았던 터라 또래보다 말이 빨랐다. 요즘 신경 쓰이는 건 첫째에 비해 다소 말이 느린 쌍둥이다. 눈치가 빠른 셋째는 첫째와 상호작용을 하며 단기간에 언어 발달이 잘 이뤄졌다. 둘째는 셋째만큼은 아니지만 가끔 단어가 아닌 완성된 문장으로 말할 때가 있고 옹알이가 진화한 외계어가 터져 나올 때도 있어서 두 아이와는 발화법이 다를 수 있겠다는 생각을 했다. 한 아이를 세세히 살필 여력이 부족해 그럴 수 있겠다는 생각도 들었다. 누군가 말은 신체 발달과도 연계되기 때문에 언어가 느릴 경우 두 가지를 함께 체크해야 한다고 일러 주었다. 그러나 둘째의 신체 발달은 또래만큼 활발하기에 그 부분은 크게 걱정하지 않았다.

나와 남편은 누구보다 적극적이고 능동적으로 변해야 했다. 아이들이 다칠까 봐 나가지 않던 놀이터에 다시 나가기 시작했고, 가끔은 남편 없이도 세 아이를 데리고 한적한 놀이터를 찾았다. 또 여름 방학은 아빠와 온전히 보낼 수 있는 유일한 시간이었기에 여기저기 부지런히 돌아다녔다.

매일 세 아이를 돌보다 보니, 첫째만 돌보던 시절이 얼마나 귀했는지 깨닫게 된다. 아이가 하나면 아이에게 집중할 시간도,

나에게 집중할 시간도 그만큼 생겨서 좋다. 아이가 여럿이면 아이들이 형제자매끼리의 우애를 알게 되어 좋다. 또 나만의 시간이 얼마나 귀한 것인지 더 잘 알게 된다. 아이가 적으면 적은 대로, 많으면 많은 대로 장단점이 있다. 가끔 아이들끼리 외출을 할 때면 현관에서 미리 당부한다. 혹시 모를 위급 상황이 오면 어떻게 서로 도와야 할지 고민하라고. 제법 엄마 말을 잘 따라 주는 첫째가 엄마 돕기를 자처한다. 덕분에 이제 아이 셋이서 40여 분간 즐길 수 있는 놀이터 시간도 가끔 가능해졌다.

말을 잘 따라하지 않던 둘째 건모가 식탁에서 밥을 먹다가 채소 이름이 적힌 단어 카드를 보며 따라 외친다.

"무!"

우리는 우레와 같은 박수로 아이를 칭찬해 줬다. 아이는 그날 밤 잠자리에 들기 전, '물'이라고도 말해 주는 신통함을 보여 줬다. 행복의 총량이 다하면 불행이 온다는 말이 있지만 이 말을 뒤집어 생각해 보면, 지금의 극한 육아가 지나면 곧 행복한 육아가 찾아온다는 뜻일 것이다.

행복의 총량이 다하면 불행이 온다는 말이 있지만
이 말을 뒤집어 생각해 보면, 지금의 극한 육아가 지나면
행복한 육아가 찾아온다는 뜻일 것이다.

다 같이 집안일을 하자

*
**
*

"엄마, 내가 혼자 빵 사오고 싶어요."

여섯 살 여름 방학의 일이다. 느닷없이 재모가 심부름을 해보고 싶다고 말했다. 나는 아이의 갑작스런 제안에 살짝 당황했지만 귀가 솔깃해졌다.

"정말 할 수 있겠어? 한번 해볼래?"

"응! 할 수 있어요! 해볼래!"

"그럼 사야 할 빵 목록을 종이에 적어 줄게. 스스로 찾을 수 있으면 찾아서 쟁반에 담고, 잘 모르겠으면 이 메모지를 점원 누나한테 보여 줘. 알았지?"

나는 만 원짜리 한 장을 아이 지갑에 넣어 주면서 메모지를 지갑 안에 붙여 주었다. 아직은 키가 작아 공동 현관의 버튼이 손에 닿지 않아서 1층까지는 같이 내려가기로 했다. 나는 내린 그 자리에서 기다리기로 약속하고 아이에게 조심히 다녀오라는 짤막한 인사를 건넸다. 아이는 우산을 들고 보슬비가 내리는 길을 흥얼거리며 걸어갔다. 아파트 단지 내 작은 횡단보도에서 오가는 차들이 완전히 사라진 뒤에야 손을 들고 건너는 모습도 보았다. 아이가 보이지 않는 걸로 봐서는 빵집에 도착한 듯했다.

그 자리에서 아이를 기다린 지 20여 분이 흘렀을까. 좀처럼 아이의 모습이 보이지 않자 조바심이 나서 몰래 빵집 유리문 쪽으로 걸어갔다. 행여 들킬까 봐 벽에 바짝 붙어 빼꼼 들여다보니, 한창 계산 중인 아이의 진지한 뒷모습이 보였다. 순간 대견함과 뿌듯함이 몰려와 잠시 울컥했다. 이렇게 문득 아이가 만드는 일상의 한 장면은 나의 마음에 고스란히 새겨진다.

아이는 집에 돌아와 본인의 첫 심부름 경험담을 아빠와 동생들에게 흥분한 채 늘어놓는다. 심부름을 한 본인은 동생들보다 훨씬 큰 막대 사탕을 먹어야 한다며 당당하게 먹을 권리를 주장

한다. 심부름은 뜻밖의 일이었지만, 이미 조금씩 집안일에 참여하기 시작했으니 어쩌면 당연한 수순이라는 생각이 들었다. 여섯 살이 되면서 재모는 현관 신발을 정리하거나 저녁 식사 차리는 일을 돕기 시작했다. 내가 혼자 식사를 준비할 때면 세 아이끼리 자주 다퉜고, 다툼의 해결 방안으로 큰 아이를 불러 일을 나눈 게 지금 모습으로 이어진 것이다.

아이는 식탁 매트와 식판을 각자의 자리에 놓고 숟가락과 젓가락을 배분한다. 아직 젓가락이 서툰 둘째 동생을 위해 포크도 가져다 놓았다. 컵에 물을 따라 놓고, 식판에 밥을 담는 것도 직접 해보고 싶다고 적극적으로 어필한다. 나는 밥솥의 밥을 그릇에 담아 한 김 식힌 후 아이에게 주걱과 함께 건넨다. 재모는 신이 나 식판에 밥을 담는다. 밥이 모두 다 차려진 후에는 동생들에게 밥 먹자고 알리는 역할도 맡아서 한다. 가끔 거실에서 다같이 자는 날이면 거실 블라인드를 내려 주거나 이불과 요를 펴는 일을 돕는다.

때때로 집안일을 도우면 그 대가로 500원을 주는데, 점점 지갑에 모이는 동전을 보면서 동생들에게 '필요한 것이 있으면 형에게 말해. 형아가 장난감도 사줄 수 있어!'라고 의기양양하게 말한다. 아이가 집안일을 하고 용돈을 받기 시작하면서 약국이나 문구점에서 하던 소소한 장난감 소비가 사라졌다. 사고 싶은 게 있으면 용돈을 모아 본인이 사도록 했다. 아이가 모은 돈으로 장난감 하나를 사기 위해서는 아주 오랜 시간이 걸릴지 모른다. 그래서 이따금 응어리진 마음을 풀어 줘야 할 때면 다이소에 가서 한풀이를 시켜 주었다.

내가 집안일에 가족을 동참시키는 이유는 싱글 시절 집안일에 너무 무심한 상태로 지냈던 걸 후회하기 때문이다. 가사를 맡아 하다 보니 식食과 주住가 왜 생존에 필요한 기본 요소인지 깨닫게 되었다. 생존을 위한 일에는 남녀 구분이 필요 없다. 모두가 동참해 적극적으로 뛰어들어야 하는 일이다. 아이도 가사에 책임을 가질 수 있도록 집안일 나누는 연습을 시작했고, 집을 돌보는 일에 동참시킴으로써 가족 일원으로의 역할을 부여했다. 아이는 서서히 우리 집에서 자신의 존재, 역할에 대한 인식을 하게 되었고 가족을 위해 무언가 해 줄 수 있다는 작은 성취감을 느끼게 되었다. 그러면서 자연스럽게 아이가 엄마와 아빠, 동생들을 챙기는 마음이 깊어지고 있음을 느낄 수 있었다.

"이건 아빠가 좋아하는 커피, 건모랑 형모는 아침마다 요구르트를 찾으니까, 엄마는 아보카도를 좋아해, 나는 초콜렛이 제일 맛있어!"

슈퍼에 들러 저녁거리를 사는데, 간식거리를 고르던 재모가 가족들 한 명 한 명의 취향을 생각하며 말을 한다. 본인이 고른 걸 받고 가족 모두가 기뻐할 거라는 기대와 설렘을 얼굴 가득 머금고 말이다.

아이도 가사에 책임을 가질 수 있도록
집안일 나누는 연습을 시작했고,
집을 돌보는 일에 동참시킴으로써
가족 일원으로의 역할을 부여했다.

'함께'라는 마법

*
*
*

"엄마, 엄마아!"

밤 열한 시경 잠들었던 셋째가 울부짖으며 나를 찾는다. 오늘도 이 방 저 방을 널뛰어야 할 것 같다. 자다가도 엄마가 없으면 엄마가 올 때까지 우두커니 앉아 우는 셋째 때문에 하루가 참 길다. 몇 번 무시해 보기도 하고 울다가 지쳐 쓰러질 때까지 기다려도 봤지만, 정말 말 그대로 아무것도 통하지 않는다. 결국 아이를 안아 안방 침대에 눕히고 나니 그제야 울음을 그치고 잠이 든다. 하지만 아직 남편이 돌아오지 않아서 불안했다. 역시 불안한 예감은 정확해서, 잠을 자다가 아빠가 없다며 울부짖는 둘째의 목소리도 들린다. 다시 셋째 몰래 아이들 방으로 가 둘째를 안아 달래고는 나도 모르게 잠이 들었다.

새벽이 밝아오자 첫째가 자신의 침대 옆에 와 있는 엄마를 보고 안긴다. 오른팔에는 첫째 재모를, 왼쪽에는 둘째 건모를 안고 싱글 사이즈 침대에 옹기종기 붙어 누워 있다. 재모는 아침에 눈을 뜨자마자 엄마가 보여 좋았는지 연신 '엄마가 제일 좋아'라며 내 팔에 얼굴을 부비고 있다.

"엄마, 나 오늘은 안방에 안 가고 침대에서 혼자 잤어요."

"그러네, 씩씩하게 혼자 잘 잤네. 근데 밤에 엄마한테 오고 싶은데 참은 거야, 아니면 스스로 자고 일어나는 게 괜찮은 거야?"

아이에게 묻자 망설임 없는 대답이 돌아왔다.

"참은 거야."

순간 아차 싶었다. 분리 수면을 계속 이어 나가야 할까, 아니면 세 아이 모두 분리 수면이 가능할 때까지 기다려야 하는 것일까. 아이들이 자라면서 식사와 수면 시간은 비교적 규칙적으로 하려고 노력했다. 하루 중 이 두 가지만 잘 지켜도 혼자 아이 셋을 돌보며 시간을 활용하는 게 가능했기 때문이다. 이른 수면 시간 또한 일찍 자고 일어나는 습관을 들일 수 있어서 6년간 빼먹지 않고 지켰다. 그러나 어느 시점에 분리 수면을 시작하는 것이 내 아이들에게 맞을지는 여전히 명확한 기준이 서지 않는다.

쌍둥이 출산 후 조리원에서 집으로 돌아와 다섯 식구가 처음으로 함께 잠들던 밤을 잊지 못한다. 큰 침대에 재모와 우리 부부가 함께 눕고, 아기 침대에 몸집이 작은 쌍둥이 둘을 뉘여 안방이 꽉 찼던 그 밤. 세 아이의 숨소리를 가르는 남편의 코 고는 소리와 '덤프트럭 주세요'라고 외치는 재모의 잠꼬대가 한데 뒤엉켜 어둠 속 방 안의 내 심장을 두근거리게 했다. 아이들의 새근거리는 콧소리가 너무 좋아서 한참을 잠들지 못하고 가만히 듣고 있었다. 어둠 속에서 홀로 눈을 깜박이고 있으니 마치 별이 가득한 우주 한가운데 떠 있는 것처럼 몽롱한 기분이었다. 나는 그제야 비로소 우리가 정말 다섯이 되었다는 걸 느꼈다. 그날은 정말 피곤한 날이었고 복잡한 마음과 불안을 안고 있었지만, 말로 다 할 수 없는 감사함에 행복했다.

내가 애써 재모에게 분리 수면을 강요하지 못하는 이유도 아마 여기에 있을 것이다. 우리 다섯이 한 방에 누워 잠들던 그날, 세상 모든 피로가 내게 몰려와도 그것마저 잊게 만들었던 '함께'의 마법을 느꼈으니까. 이제는 다섯이 함께 있으려면 비좁은 침대에 억지로 몸을 뉘어야 하지만, 지금의 순간도 곧 그리워질 것임을 안다. 그래서 우리는 자주 거실에 이불을 깔고 함께 눕는다. 이따금 손을 뻗어 양옆에 누운 서로의 존재를 확인하고, 발에 닿는 누군가의 온기를 확인하면서 불안해하지 않고 잠든다. 내 옆에 우리 엄마가, 아빠가, 형이, 동생이, 남편이, 아내가 함께 있다는 안도감을 가지고.

아이에게 이 말을 하는 순간 후회할 것을 알지만, 나는 결국 또 이렇게 말한다.

"재모야, 자다가 엄마한테 오고 싶으면 참지 말고 그냥 와."

땀 나도록 살을 꼭 붙이고 자는 것도 언젠가는 다, 모두 다 그리워질 날이 올 테니까.

우리 다섯이 한 방에 누워 잠들던 그날,
세상 모든 피로가 내게 몰려와도
그것마저 잊게 만들었던 '함께'의 마법을 느꼈으니까.
이제는 다섯이 함께 있으려면
비좁은 침대에 억지로 몸을 뉘어야 하지만,
지금의 순간도 곧 그리워질 것임을 안다.

가장 하기 싫은 일,
가장 못하는 일

*
*
*

첫째는 호기심이 많다. 질문도 많고 말하는 것도 즐겨 하루 종일 재잘댄다. 가끔 아이가 하는 질문에 말문이 막힐 때가 있는데 그중 하나가 '하기 싫은 것'을 해야 하는 이유를 설명할 때다.

"엄마, 나 오늘은 뭐 해? 유치원 가?"

"응, 오늘 월요일이라서 유치원 가야 해."

"나 아직 다 못 쉬었단 말이야. 가기 싫어!"

아이는 한 달이 넘도록 유치원에 가기 싫다는 말을 한다. 유치원 담임 선생님에게 전화해 아이의 등원 거부에 대한 상담을 하면서, 일주일 정도 유치원에 보내지 않는 건 어떨지 의논했다. 이미 유치원을 1년 이상 다닌 상태에서는 역효과가 날 우려가 있어 권유하지 않는 분위기였다. 그 말을 듣고 나도 무리하게 강행하지는 않았다. 아이러니한 건 막상 유치원에 들어가면 아이들과 잘 어울리고 즐겁게 생활한다는 것이다.

싫어하는 활동에는 그만한 이유가 존재한다. 방과 후 영어 수업이 이전보다 어려워져서 재모 마음에 갈등이 생긴 것이다. 안 하면 허전해하고 막상 닥치면 하기 싫어하는 모순적인 아이 마음을 보고 있자니 나도 갈피를 잡기 힘들었다. 본인이 원하는 일을 하기 위해서는 싫은 일도 해야 한다는 걸 말로 설명하기란 쉽지가 않았다. 그렇다고 강요하면 더욱 거부할 아이란 걸 알기 때문에, 문제 해결을 위해 아이가 이해할 만한 상황을 만들어 내야 했다. 나는 아이와 함께 각자 '하기 싫은 일'을 종이에 적어 보기로 했다. 그리고 하기 싫다는 마음에 휩쓸릴 때마다 그 목록을 보며 하나씩 해보자고 제안했다. 나 역시 싫은 일은 최대한 하지 않고 살아왔기 때문에 쉽지 않은 제안이었다.

우리는 모두 잘하는 것, 하고 싶은 것을 위주로 하며 산다. 하고 싶은 한 가지를 위해 하기 싫은 일 아홉 가지를 해내는 경우도 많다. 결과보다 과정을 즐기는 마음에 무게 중심을 두면 그 여정이 충분히 감내할 수 있는 것이 되기도 한다.

오늘 재모가 하기 싫은 일은 '유치원 방과 후 영어 숙제', 나는 '화장실 청소'다. 예전에도 영어 숙제를 하기 싫다기에 답을 적는 칸에 이름만 써서 가져간 적이 있다. 그러나 다음 날, 숙제를 해온 아이들이 받은 스티커를 본인만 받지 못해 시무룩한 얼굴을 했던 걸 기억한다.

"아, 엄마는 이제 화장실 청소나 하러 가야겠다…."

재모 귀에 들리도록 크게 말하면서 일부러 터벅터벅 화장실로 걸어갔다. 열심히 청소를 하던 중 밖이 조용하기에 살짝 문을 열고 봤더니, 식탁 의자에 앉아 영어 숙제를 하는 재모가 보였다. 집중하느라 튀어나온 작은 입으로 영단어를 중얼거리고 있었다.

내겐 하기 싫은 일만큼 어려운 것이 가장 못하는 일을 해보는 것이다. 그중 하나가 그림을 그리는 것인데, 이 책을 쓰면서 사람들에게 이야기를 더 잘 전달하고 싶어 작은 그림을 그려 넣게 되었다. 가끔은 내가 못하는 것이라고 접어 뒀던 페이지를 다시 열어 보려는 용기만으로 마음의 부담이 반 이상 줄어드는 경험을 한다. 또한 못한다고 생각했던 걸 다시 좋아하게 되는 과정도 종종 겪게 된다. 생각했던 것보다 괜찮은 '나만의 자질'을 발견하게 되기도 한다. 잘하고 싶은 마음과 의욕이 얼마나 좋고 간절한 것인지 한 번 더 느끼게 되기도 한다. '좋다'와 '싫다'는 따지고 보면 서로를 비춰 반사하고 있는 사소하고 빤한 것일 때가 많으니까.

< 하기 싫은 일 >

MOM
- 화장실 청소
- 빨래 개기
- 음식물 쓰레기 버리기
- 독박육아
- 독박육아
- 독박육아

SON
- 유치원가기
- 덧셈하기
- 손씻기
- 세수하기
- 이닦기
- 옷갈아입기

결과보다 과정을 즐기는 마음에 무게 중심을 두면
그 여정이 충분히 감내할 수 있는 것이 되기도 한다.

좋은 가풍을 가진
가족이 되고 싶어

*
*
*

"대장님! 이번 주말 우리 가족 스케줄이 어떻게 됩니까?"

토요일 아침이 되면 남편이 내게 묻는다.

유난히도 길었던 어린이날 연휴, 여행객이 빠져나간 도심은 고요했다. 휴일을 그냥 보내기가 아쉬워서 최근에 개봉한 어린이 영화를 보러 가기로 했다. 쌍둥이의 첫 영화관 나들이라 그런지 다른 때보다 더 두근거렸다. 이렇게 한 걸음씩 세상의 문명으로 들어갈 때면 내 아이들이 그새 많이 자라났음을 느낀다. 어둠

이 깔리고 소리로만 메워진 공간을 두 아이는 어떻게 받아들일까. 영화관의 어둠을 무서워하거나 웅장한 소리에 겁을 먹는 아이들도 있기에 걱정 반 기대 반이었는데, 이런 내 우려를 '뽀로로'가 말끔히 없애 주었다. 쌍둥이들은 팝콘과 오렌지 주스를 잡은 채 뽀로로에 시선을 고정했고, 연신 시시하다던 재모도 이미 영화에 집중한 상태였다. 그 시선이 돌아갈 새라 재모를 먼저 의자에 앉힌 다음, 그 양옆에 남편과 내가 쌍둥이를 한 명씩 안고 자리를 잡았다. 감개무량하다는 말이 저절로 흘러나올 만큼 감격적인 장면이었다. 우리가 아이 셋과 함께 팝콘을 먹으며 영화관에 앉아 있다니. 진정 이게 가능한 일이었던가!

다섯 명이 함께 할 수 있는 시간이 늘수록 하고 싶은 일이 많아진다. 1년 전, 결혼기념일에 무엇을 할까 고민하다가 재모가 비행기를 보고 싶다고 한 말이 생각났다. 남편이 나를 '츤데레맘'이라 부르는 건 아이가 흘리는 말을 내가 잘 주워 담기 때문이다. 그날도 나는 아이의 말을 기억했다가 남편에게 인천공항으로 드라이브를 가자고 제안했다. 공항에 가면 홍보관 안에서 통창 밖에 있는 여러 대의 비행기를 직접 볼 수 있다. 하늘 높이 떠 있어 손에 닿지 않은 비행기를 실물로 봤을 때 느껴지는 웅장함과 진기함은 아이들로 하여금 연신 탄성을 연발하게 했다. 아이들이 어려서 직접 비행기를 타고 떠나는 여행은 다음으로 미뤄야 했지만, 언젠가 다섯 모두 비행기에 오를 생각을 하니 마음이 떨려 왔다.

첫째가 두 돌이 되어 가던 쌍둥이 임신 5개월 무렵, 갑자기 세 아이의 부모가 된다는 막연함과 전업 엄마로 지내며 홀로 세 아이를 돌봐야 한다는 걱정으로 눈앞이 아득했다. 쌍둥이의 백일까지는 친정 엄마의 도움으로 무사히 넘겼지만 쌍둥이 생후 5개월부터 시작된 '세 아이 홀로 육아'는 잔인하리만큼 치열했다. 혼자 버틴 시간이 한 달, 두 달 늘어갈 때마다 '언제쯤 이 지겨운 일상을 그만둘 수 있을까' 하는 답 없는 말만 되뇌었다. 심지어 어떤 날은 내가 해온 육아와 가사에 미련이 없을 만큼 힘들어서 남편에게 이혼하자는 말을 던지기도 했다.

그렇게 매일 불구덩이를 밟고 살던 시절, '가족, 육아, 집을 바라보는 마음가짐이 달라지면 내가 처한 상황을 얼마든지 새롭게 볼 수 있다'고 하던 '함께성장인문학연구원'의 정예서 원장님의 말이 떠올랐다. 그 말을 듣고 엄마라는 역할에 잡아먹히지 않고 오롯이 나로, 나답게 가정을 일구어 나가야 한다는 것을 깨달았다. 그때부터 책을 읽고 생각하며 부지런히 글을 쓰기 시작했다. 아이들 수발로 읽고 쓰는 일이 여의치 않은 날에는 머릿속으로 생각을 정리했다. 슈퍼에 걸어가거나 유모차를 밀며 아이들 하원을 맞으러 가는 길에도 생각하는 일을 멈추지 않았다. 정리되지 않은 생각을 수없이 고민하면서 내게 주어진 상황을 다르게 볼 수 있는 방법을 찾기 위해 애썼다.

그 생각의 끝에, 나와 남편이 만든 새로운 가족은 확고한 가치관을 품고 살았으면 좋겠다는 바람을 가지게 되었다. 그 가치관에는 우리 가족이 가졌으면 하는 우리만의 색이 있을 것이고, 우리가 자주 즐기는 일들이 가지런히 자리하게 될 것이며, 후대에 남겨 주고 싶은 미래관도 있을 것이다. 보통 이런 걸 '가풍家風'이라고 한다. 결혼해 한 번쯤 아이를 키워 본 사람이라면 가족이라는 환경이 아이에게 얼마나 중요한 요소로 자리하는지 느낄 것이다. 유아기의 아이에게 부모란 이 세상에 대한 기준을 만들어 가는 첫 단추이자 밑거름이다.

좋은 가풍을 만들기 위해 나는 우리 다섯의 공통 관심사를 탐색하기 시작했다. 가족이란 한 사람의 생애가 끝나는 몇 십 년 동안, 아니 그 너머까지도 계속될 관계이므로. '빨리 가려면 혼자 가고, 멀리 가려면 함께 가야 한다'는 아프리카 속담처럼 우리는 최대한 멀리 함께 가야 하는 사람들이므로 말이다.

좋은 가풍을 만들기 위해
나는 우리 다섯의 공통 관심사를 탐색하기 시작했다.

엄마라는 섬이
되지 않기 위해서

사소하게 웃는 버릇

✳
✳
✳

"Who's gonna wash your face first?"

나는 오늘도 화장실에서 어쭙잖은 영어를 외친다. 나팔 부는 사나이처럼 한껏 배에 힘을 주고는 두 번 더 외친다. 그러자 재모가 답한다.

"엄마, 재모는 마지막에 할래요!"

세수와의 전쟁을 선포한 재모는 첫 번째로 불릴까 미리 선수를 친다. 화장실 세면대에서 물을 틀고 외치니 아직 말을 하지 못하는 쌍둥이는 눈치껏 엄마에게로 달려온다. 다행히 아직까지는 세면대 수도꼭지를 올리면 물이 나오는 게 마냥 신기한 아이들이다. 두 녀석이 한꺼번에 달려와서는 화장실 앞에서 서로 먼저 하겠다고 실랑이를 벌인다. 예전에는 숨어 있는 녀석들을 찾아 안고 화장실로 왔어야 했는데, 계절이 두 번 바뀌는 동안 참 많은 것이 변했다. 문제는 첫째 아이였다.

언젠가부터 씻지 않겠다고 으름장을 놓더니 이제는 양치질만 하겠다고 한다. 물을 좋아해서 한 번도 씻는 일로 얼굴을 찌푸린 적이 없는데 아침 세수는 또 별개인 것인가 싶다. 세수가 습관이 될 법도 한데, 다섯 살이 될 때까지 매일 반복을 해도 안 되는 걸 보면 뭔가 변화가 필요하다는 생각이 든다. 쌍둥이를 다 씻기고 난 후 마지막 주자인 재모를 겨우 화장실 세면대 앞으로 오게 한 뒤, 양치를 시작으로 본격적인 작업에 들어간다.

양치용 3분 모래시계가 아직 절반도 안 내려갔는데 아이는 모래시계를 거꾸로 뒤집으며 다 닦았다고 입을 헹군다. 잠깐 코 푸는 것을 도와준 다음, 비누 거품과 물을 섞어 업그레이드된 고양이 세안을 시도해 본다. 눈가에 물도 닿지 않았는데 비누 거품이 맵다고 엄살을 부린다. 결국은 신경질을 내면서 혼자 마른기침을 하더니 목에 탁한 가래가 꼈는지 삼키려고 한다. 나는 삼키지 말고 얼른 뱉으라고 알려 주고, 아이는 세면대에 가래를 뱉어 흘려보낸다.

"엄마, 이게 뭐야?"

"뭐긴 뭐야, 네 코지!"

그랬더니 아이가 자지러지게 웃는다. 그러고는 다시 묻는다.

"코가 입으로 나와?"

"당연하지. 코랑 입은 연결되어 있어서 코로도 나오고 입으로도 나와."

"아니, 왜 코가 입으로 나오냐, 하!"

아이는 이렇게 혼잣말을 하더니 음소거 모드가 되어 자지러지게 웃는다. 불과 1분 전까지만 해도 눈가가 맵다며 실컷 짜증을 내더니, 코와 입이 연결되어 있다는 사실이 웃기면서도 놀라웠나 보다. 웃는 아이를 보니 나도 모르게 피식 코웃음이 새어 나왔다. 아이가 웃기 전 나도 이 실랑이에 한껏 짜증이 오르고 있었는데, 새어 나온 웃음이 끓어오르는 분노를 한 김 빼 줬다.

한 번 웃고 나니 세수를 마치고 옷을 갈아입기까지의 모든 과정이 순조로웠다. 물론 새로운 걸 발견하면 연신 조잘대는 아이의 버릇 때문에 양말을 신고 외투를 다 입을 때까지 코와 입이 연결되어 있단 사실을 계속해서 확인해 줘야만 했다. 인체가 신비롭다는 사실은 책으로, 이야기로 많이 들었지만 오늘 재모에게 가장 신비로운 건 단연 코와 입이 연결된 사실일 것이다. 마치 붕어빵 안에 붕어 아닌 팥이 들었다는 걸 처음 알게 된 사람처럼 말이다.

인체가 신비롭다는 사실은 책으로,
이야기로 많이 들었지만 오늘 재모에게 가장 신비로운 건
단연 코와 입이 연결된 사실일 것이다.

잇츠 오케이!
그럴 수 있어

*
*
*

    30개월 인생을 보내는 중인 우리 집 막내는 유독 잘 삐치고 잘 운다. 달콤한 과자를 모두 입에 집어넣고도 빈 봉지를 보고 도둑맞았다는 듯 서럽게 운다. 블록이 서로 잘 끼워지지 않아 울고, 장난감 자동차가 한 손에 두 개 이상 집어지지 않아 또 운다. 같이 태어난 쌍둥이 형은 딸기를 반으로 잘라 줬다고 울고, 방금 꺼낸 쿠키가 온전한 동그라미가 아니라 부서진 모양이라고 엄마에게 달려와 대성통곡을 한다. 이 모습을 지켜보던 남편이 한마디

던진다.

"야, 남자는 태어나서 딱 세 번 우는 거야. 너희 지금 오전에만 몇 번을 운 줄 알아?"

이 말을 듣고 나는 반문한다.

"왜 세 번만 울어야 해? 슬퍼서 우는데 남녀가 어딨어!"

오늘날 남자의 기대 수명이 여자보다 짧아진 건 울음을 참는 게 남자의 미덕으로 여겨지는 사회 분위기가 적지 않은 영향을 준 것이 아닐까. 아이가 우는 건 생존 본능이라고 이해하지만 성인 남자가 울면 다 큰 남자가 볼썽사납게 운다고 비난한다. 그러나 억눌린 감정이 극한으로 치달아 울음으로 분출되면 마음을 달래 주는 뇌 신경 물질 분비가 촉진된다고 한다. 미국의 심리학자 알레사 솔터(Aletha J. Solter) 박사가 질병에 걸린 아이들을 연구한 결과, 실컷 우는 아이의 질병 회복이 울지 않는 아이들보다 훨씬 빠르다고 한다.

눈물 말고도 인간이 감정을 표현하는 방식은 다양하다. 자신의 감정 상태를 잘 알고 있어야 경쟁이 기본이 되는 현실 사회에 잘 대처할 수 있다. 그래서 어렸을 때부터 성별에 관계없이 본인의 감정을 들여다보고 표출하는 방법을 훈련하는 것이 중요하다. 아이가 울고 짜증 내고 화낼 때 '또 저러네'라고 반응하지 않고 아이가 자신의 감정을 부모에게 알리면서 자기 절제의 과정으로 가고 있다고 이해해 주어야 한다. 반복되는 일상 속에서 자기 조절이 어려운 아이들의 감정을 있는 그대로 받아 주기란 쉽지 않다. 참을 인忍을 수만 번 새기라고 하지만 좀처럼 잘되지 않는다. 결국 지금은 아이가 자신의 감정을 훈련하고 다듬어 가는 과정이라고 생각하며 스스로 감정을 알아채고 절제할 수 있도록 도와야 한다. 그래야 부모 또한 어느 정도 이성적으로 아이를 바라볼 수 있게 된다.

　나는 해가 떠 있는 낮 동안에는 아이들이 집에서 마음껏 감정을 표출할 수 있도록 한다. 아이가 울면 마음껏 울도록 20~30분 정도 내버려 둔다. 우리 집 아이들의 경우 감정이 복받쳐 울기 시작하면 평균 40분에서 1시간을 운다. 고역을 치르는 이는 이를 지켜보는 부모다. 아이가 운다고 바로 달려가 안아 주고 어르기보다 충분히 울 시간을 주자. 울음이 최고조에 이른 후 무관심한 부모의 태도에 반응하는 아이들을 살펴보자. 힘껏 울고 난 아이들은 생각보다 금세 울음을 그친다. 그래도 응어리가 풀리지 않는다고 하면, 마음껏 더 울라고 하거나 같이 울어 주기도 한다. 이를 반복해 훈련하다 보면 공공장소에서 대자로 뻗어 우는 시간을 단축할 수 있고, 우는 횟수 또한 줄어드는 경험을 할 수 있다. 아이들과 지내다 보면 이해되지 않는 상황이 자주 벌어진다. 그럴 때에는 울부짖는 아이들 마음에 집중하기보단 이 상황을 어떻게 재빠르게 해결할지 고민해 보는 게 좋다. 그리고 아이들의 짜증에 동반 상승되는 부모의 짜증을 억누르는 마법의 주문 한마디를 외쳐 보는 거다.

"It's Okay. 그럴 수 있어."

자기주장이 강해진 쌍둥이들은 등원 준비를 하다가 서로 상대의 신발과 양말을 신겠다고 실랑이를 벌인다. 2호는 회색 털신을, 3호는 생쥐 양말을 뺏기지 않으려고 각자 손에 움켜쥐고 도통 놓지를 않는다. 그러면 나는 재빨리 외친다.

"잇츠 오케이(잇초키)! 그럴 수 있어!"

그리고 재빨리 묘안을 떠올려 해결하고는 등원을 위해 집을 나선다. 어린이집 앞으로 마중 나온 선생님이 외친다.

"어머, 양말이랑 신발을 둘이 한 짝씩 바꿔 신었네!"

선생님이 오해하실까 봐 나는 살짝 설명을 덧붙인다.

"서로 상대 것을 신겠다고 싸워서 공평하게 양말이랑 신발 한 짝씩 나눠 신겼어요. 혹시라도 또 싸우면 이렇게 해 주세요."

"잇츠 오케이! 그럴 수 있어!"

욕심이 탐욕이
되려고 할 때

*
*
*

재모가 수학 학원을 다닌 지 어느덧 4개월 차에 접어들었다. 같이 공부한 걸 잘 이해하고 있는지 확인할 겸 신청했던 학원 레벨 테스트에 발이 묶인 것이다. 테스트를 다녀오던 길에 아이는 학원에 가고 싶다고 했고 이후에도 여러 번 같은 말을 했다. 아이가 원하니, 남편과 상의해 세 달 정도 학원에 보내자고 결정했다. 유명한 학원이기도 했고 또래 친구들이 대부분 다니기 시작한 곳이라 무엇을 알려 주는지, 왜 유명한지 내심 궁금하기도 했다. 누군가에게 학원에 대한 정보를 묻기보다는 직접 겪어 보고 장단점을 파악하고 싶은 나만의 호기심도 있었다. 아이는 학원이라는 새로운 환경과 친구들에 잘 적응했고, 스스로 학원 숙제를 하기도 했다. 일주일 중 수학 학원에 가는 토요일 오전을 유치원 가는 날보다 손꼽아 기다릴 정도였으니까.

그렇게 매월 학원 테스트를 봤고, 석 달에 한 번 있는 반 레벨 테스트를 앞두게 됐다. 세 달 즈음에 접어드니 담임 선생님과도 면담을 하게 됐다. 아이의 수업 태도와 내용 이해도, 부족한 부분 등 전반적인 내용을 확인할 수 있었다. 남편과 이야기했던 석 달의 시간이 지나가고 있었고, 이제 학원을 더 다닐지 말지 결정해야 했다. 나는 아이에게 물었다.

"재모야, 수학 학원 다니는 거 힘들지 않아?"

"아니, 하나도 안 힘들어. 재밌어."

"만약 학원을 다니지 않으면 어떨 것 같아?"

"아니야! 나 수학 학원 갈 거야!"

아이는 단호하게 말하면서 혹여나 학원에 못 가게 할까 봐 엄마를 째려보기까지 했다.

그날 밤, 남편에게 아이가 보인 반응에 대한 이야기를 했다. 담임 선생님과의 면담을 통해 수업 내용과 분위기를 가늠할 수 있었기에, 지금 여섯 살인 재모에게 이 수업이 정말로 필요한 것 인지 진지하게 고민했다. 주변 지인 대부분은 아이가 좋아하면 시켜야 하는 게 맞다고, 즐기며 다닐 수 있는 학원은 그리 많지 않다고 조언했다. 그러나 학원에서는 소위 '선행 학습'이라고 부 르는 초등학교 1학년 과정을 시작하고 있었고, 그건 아이가 학 원을 좋아하는 이유와 맞지 않았다. 아이가 학원을 좋아하는 이 유에는 수업 내용도 포함되어 있었지만 그보다 같이 노는 학원 친구들과 자신을 귀여워해 주시는 선생님, 선생님이 칠판에 그 려 주는 칭찬 표시, 새로운 걸 배우러 간다는 호기심 등이 더 커 보였다. 학원을 찾는 가장 기본적인 이유인 '취약한 부분의 보 완'이 아이가 학원을 가고 싶어 하는 이유와 맞지 않다는 느낌이 컸다.

남편과 상의한 후, 재모를 설득해 수학 학원을 그만 다니기로 했다. 이후 아이의 호기심을 채우고 내가 만족도를 느낄 만한 학 원을 다시 찾았다. 지능 검사를 통해 수업 유형을 선택할 수 있 는 곳이었는데, 생각보다 좋은 결과에 나는 또다시 갈등했다. 더 욱이 이번 테스트는 재모가 좋아하지 않을 거라고 생각했는데 집에 돌아와 새로운 학원에 가고 싶다는 이야기를 하는 걸 보니 자꾸 욕심이 생겼다. 그렇게 한 달간은 이게 내 욕심인지, 아이가 진짜로 원하는 것인지 되짚는 시간을 가졌다.

초등학교에 들어가면 누구나 공부를 시작한다. 본격적으로 학교 공부가 시작되는 시점은 아마도 3학년 이후일 것이다. 많은 아이들이 어려서부터 선행 학습을 시작하지만, 우리 부부가 생각하는 선행 학습 시작 연령은 남들보다 조금 더 늦다. 누군가는 한시라도 빨리 배워 익혀야 한다고 할 것이다. 우리가 공부하던 때와는 많이 다르다고. 그러나 그때도 지금도 변하지 않는 진리는 공부에 뜻이 있는 아이라면 부모가 강요하지 않아도 스스로 알아서 한다는 것이다. 아이를 물가로 데려갈 수는 있겠지만 물을 마시는 건 온전히 아이의 선택이다. 부모가 떠먹여 주는 물을 억지로 마시던 아이들은 언제 어디서 터질지 모르는 시한폭탄을 품고 살아가게 마련이다.

인생에는 다양한 길이 존재한다. 공부를 잘해야만 성공하고, 그래야만 좋은 직업을 갖는다고 믿지 않는다. 또한 좋은 직업이 삶의 질을 높여 줄 가능성은 있지만 행복한 삶을 보장하지는 않는다는 걸 안다. 우리 아이가 공부를 좋아할 것인지, 운동을 좋아할 것인지, 무엇을 하며 평생 살아갈 것인지 아직 아무도 알 수 없다. 아이의 선택을 부모가 가로채려 하는 건 명백한 월권이다.

기본 소양을 익히는 건 중요하다. 그러나 공부 시기와 적절성에 대하여, 이 공부를 하는 게 나의 욕심인지 아이의 욕구인지에 대하여 정확히 분별해야 한다. 더불어 욕심이 탐욕으로 변하는 기로를 감지해 이다음 나아갈 방향을 수시로 확인해야만 한다. 우리는 항상 위태롭지 않다고 자만하고 있지만 끊이지 않는 욕망을 품고 살아가는 존재이기에 말이다.

기본 소양을 익히는 건 중요하다.
그러나 공부 시기와 적절성에 대하여,
이 공부를 하는 게 나의 욕심인지
아이의 욕구인지에 대하여 정확히 분별해야 한다.

몸은 튼튼,
마음은 단단하게

*
*
*

처음 아이가 어떤 운동을 하면 좋을까 고민했을 때 가장 중요시했던 건 아이의 성향이었다. 규칙과 약속을 중요하게 생각하는 첫째에게 '잘하지 못해 실패할 수 있는 일'을 시도하게 하는 건 부모에게도 두려운 일이었다. 아이는 어느 정도 해볼 만한 일에만 반응을 보였다. 누군가는 이게 남자 아이의 자존심 같은 것이라고 말했지만, 해볼 만한 일에만 도전하면 실패를 경험할 확률이 현저히 낮아진다. 성공할 가능성이 높은 일만 골라서 하게 되는 것이다. 하지만 세상에 성공 가능성이 높은 일이란 그리 많지 않다. 그래서 빙판 위에서 매번 넘어지고 일어서야 하는 아이스하키를 선택하기로 했다. 스케이트를 타며 중심잡기를 익히고, 하키 채와 퍽(하키공)을 사용해 골을 넣기까지의 단계를 성실히 밟아 가야만 하는 조금은 힘겨운 운동.

나는 성공 여부와는 상관없이 이전과 다른 새로운 도전이라면 거침없이 뛰어들어 본다. 언제나 성공이 최종 목표가 아니고 실패는 절망이 아니므로, 나의 시도는 용기의 문제와 맞닿아 있다. 유대인들은 어린 아이가 유리컵을 갖고 놀다가 깨뜨리면 실수에 주눅 들지 않도록 박수를 쳐준다고 한다. 그러면 아이가 위기 상황을 맞닥뜨렸을 때 이를 극복해 나갈 수 있는 힘이 생기고, 위기를 기회로 전환시킬 수 있다는 것이다. 실수해도 차분히 대처하는 방법을 터득하도록 돕는 게 부모의 일일 것이다.

육아를 하면서 '괜찮아, 그럴 수 있어'라는 말을 자주 한다. 우리 부부가 가장 관대하게 생각하는 건 옷에 무언가를 흘리는 일이다. 아이가 놀거나 움직일 때 옷 때문에 행동에 제약을 받는 게 싫어서 '괜찮아, 옷은 갈아입으면 돼'라는 말을 입버릇처럼 한다. 쏟은 물은 닦으면 되고, 더러워진 옷은 빨면 되니까. 이렇게 매일 아이의 실수를 수습해야 하는 부모는 어떻게 하면 이런 일이 생겼을 때 더 효율적으로 해결할 수 있을지를 고민한다. 아이가 이유식을 먹으며 바닥을 난장판으로 만들 게 뻔하다면 아예 의자 아래에 방수 패드를 깔아 놓는 식으로 말이다.

어느 날 아이가 놀이 매트와 책상 사이에 발을 헛디뎌 아랫입술이 심하게 찢어졌다. 찢어진 입술 선 사이로 2센티미터 가량 살이 벌어져 너덜거렸고, 아이는 흘러내리는 피를 보고 놀라서 나에게 달려왔다. 시간은 저녁 6시 30분이 넘어가고 있었고 나는 부랴부랴 상가 책자를 찾아 치과에 전화를 돌리기 시작했다. 여러 군데 전화를 넣다가 7시까지 오면 된다는 병원을 찾아냈고, 소독약을 적신 솜 뭉텅이를 찢어진 입술에 갖다 댄 다음 곧바로 병원으로 향했다. 자칫 아이가 엄마의 당황한 모습을 보고 놀랄까 봐 최대한 평정심을 잃지 않으려고 했다. 그저 우는 아이를 진정시키며 걸음을 재촉할 뿐이었다. 다행히 찢어진 살의 깊이가 깊지 않아 치아는 다치지 않았다. 의사 선생님은 상처가 저절로 아물 수 있도록 소독을 잘 해 주면 된다고 말해 주었다. 나는 그제야 안도하며, 울컥하는 마음에 흐르는 눈물을 훔쳤다. 이런저런 사건 사고를 겪다 보니 이제는 감성보다 이성이 먼저 등장한다. 아이에게 세세하게 설명하지 않아도 지금 상황이 어떤 면에서 위급한지는 나보다 아이가 먼저 인지한다. 다만 더 신중

하거나 조심했어야 하는 부분만 아이에게 짚어 주면 아이는 금방 깨닫고 조심하게 된다. 반복되는 실수를 그냥 놔두는 것이 아니라, 아이 눈높이에서 받아들일 수 있도록 설명해야 한다.

언젠가 아이가 아이스하키가 하기 싫다고 투정을 부린 때가 있었다.

"아이스하키가 왜 하기 싫어진 거야?"

"힘들어서 하기 싫어."

"무슨 운동을 해도 시간이 지나면 다 힘들 텐데?"

"그래도 힘든 건 싫어."

"세상에 쉬운 운동은 없어. 계속 하다 보면 다 어려워져. 재모가 덧셈을 할 때 45 더하기 7을 할 때는 어렵다가, 갑자기 1 더하기 2나 3 더하기 4를 하면 쉽게 느껴지지? 그런 것처럼 운동도 힘든 걸 연습하고 나면 예전 게 훨씬 쉽게 느껴지는 거야."

"…"

"운동은 재모 몸이 튼튼해지라고 배우는 거기도 하지만, 원래는 마음이 단단해지라고 하는 거야. 타다가 넘어지면 다시 일어설 수 있는 용기를 배우는 거야."

우리는 과거에 비해 실패를 경험할 확률이 낮은 시대에 산다. 여행의 가치를 알기 위해서는 과감히 지도를 버리라고 하지만 이미 스마트폰 내비게이션이 친절히 길을 안내해 주고 있다. 일부러 결핍을 경험하기 위해 어려운 환경을 찾아 나서는 사람들도 있다. 아이러니하게도 누구나 성공을 경험하고 나면 성공에 이르는 힘든 과정이 가장 좋았다는 말을 한다. 과정 중 겪었던 여러 실패가 우리 삶을 다른 방향으로 돌리기도 한다는 걸 경험해 보았기 때문이다. 그렇기에 오늘의 실수는 상황을 새롭게 바라볼 수 있도록 해 주는 계기가 될 것이라고 믿는다. 때로는 위험한 환경을 빠져나가는 자기만의 방식을 터득할 수 있을 것이다.

화장실에서 세수를 하던 재모가 한참이 지나도 나오지 않아 가봤더니, 바닥을 물바다로 만들며 옷이 다 젖은 채로 놀고 있었다. 내가 입술을 꽉 다물며 쳐다보자 아이가 내게 외친다.

"괜찮아, 옷은 갈아입으면 돼."

오늘의 실수는 상황을
새롭게 바라볼 수 있도록 해 주는
계기가 될 것이라고 믿는다.

각자의 일상을
소중히 채우기

＊
＊
＊

　가끔 나이를 빨리 먹으면 좋겠다고 생각한다. 새해에 떡국을 먹으며 나이 먹는 걸 반겼던 어린 시절 이후로 이런 생각을 하는 건 참 오랜만이다. 나에게 흐르는 시간만큼 내 아이들의 시간도 흐를 것이기에 종종 이런 바람을 가지게 된다. 아이가 태어나면 출산과 동시에 어떤 기관에서 여섯 살까지 키워 주고 '자, 이제 시간이 되었으니 데려가시오'라고 말해 줬으면 좋겠다는 상상도 여러 번 했다.

세 아이가 자라면서 점점 자기 생각을 갖게 되고 대화하는 방식이 진화하기 시작하면서 내 안에 사리가 다량 생성되는 걸 느낀다. 투정과 울부짖음, 버둥대는 발길질과 과격한 몸짓, 이유 모를 반항과 눈 흘김 등 아이들이 대화에 임하는 자세는 각양각색이다. 가끔 훈육을 할 때 아이 손을 잡고 인내해야 하는 순간이 있다. 유명한 박사님이 알려 준 방법대로 아이 양손을 붙잡고 아이가 내 이야기를 들을 준비가 될 때까지 기다린다. 기다리는 잠깐 동안 보이는 아이의 반응은 '내가 정말 너를 이렇게 키웠니' 싶을 정도로 다이내믹하다. 언젠가 아는 지인에게 너무 힘들어서 못 해 먹겠다는 말을 했더니 그녀는 내게 '사리가 진주가 되어 목걸이로 꿰어질 때까지 인내하라'는 말을 했다. 그게 가능한 일일까?

아이가 자기 생각을 가진다는 것은 서서히 독립의 시기가 도래한다는 반가운 의미로 해석할 수 있다. 아이가 직립 보행의 기쁨을 느끼면 더 이상 기어 다니지 않게 되듯이, 말로 생각을 표현하기 시작하면서 아이들은 부모의 가르침을 거부하게 된다. 어느 정도 부모와 분리되는 과정을 거치면서 부모 없이 보내는 시간이 점점 늘어나고, 친구들과의 사회를 겪으며 점점 세상으로 나아간다. 아이는 그렇게 살아가는 방법을 배운다.

기특하게도 아이들은 본인이 살아가야 하는 세상에 대해 스스로 고민하고 탐구한다. 보통은 꿈이나 일을 위해 살아가는 것처럼 보이지만 실상 우리는 살아가기 위해 내 꿈을 찾고 일하는 존재다. 그렇기에 '나만의 일'을 찾는다는 건 중요하다. '나만의 일'이 구체적으로 직업과 연결되거나, 공부로 발전하거나, 단순히 오늘 할 일에 그쳐도 상관없다. 다만 그 일은 누구도 대신할 수 없는, 오롯이 내가 하는 일이라는 핵심이 있어야 한다.

재모는 잠들기 전이나 이른 아침에 자신의 일정에 대해 묻는다. 주 중반이면 이미 며칠이나 유치원에 갔는데도 또 가야 한다는 사실에 짜증을 낸다. 주말이면 운동 외에 아무 일정도 없다는 사실에 안도하며 자신만의 계획을 세운다. 그러면 나는 스리슬쩍 매일 해야 하는 몇 가지를 짚어 준다.

아이가 초등학교에 가기 전까지 자리 잡았으면 하는 세 가지가 바로 운동, 공부, 독서 습관이다. 이 세 가지 활동이 습관이 되기 위해서는 매일 조금씩 실천하는 게 좋다. 사실 이건 아이가 가장 힘들어 하는 것이다. 어른인 내게도 반복되는 일상을 계획으로 지켜내는 건 여전히 쉽지 않은 일이므로.

습관은 기억과도 근접한 거리에 있다. 기억이란 인간이 생존하기 위해 만들어진 진화의 산물이라고 한다. 우리가 잠에서 깨어나는 순간부터 이뤄지는 모든 운동과 행동은 기억에 의존해 이뤄진다. 단순하게는 창문을 열고 닫는 법, 냉장고에서 그릇을 꺼내는 법부터 회사나 학교를 찾아가고 집으로 돌아오는 법 등 우리는 뇌세포의 기억 능력에 의존하지 않고서는 한순간도 살아갈 수 없다. 기억은 습관을 만드는 가장 기본 단계이다. 기억이 반복되어 습관이 되면 행동으로도 반복할 수 있다. 습관이란 내 기억이 건강하게 잘 살아갈 수 있도록 뇌에 삶의 방식을 새겨 가는 것이 아닐까.

우연한 계기로 다섯 살 여름부터 습관 연습을 시작했고, 아직은 그것을 이행하는 과정 중에 있다. 매일 하던 행동을 빠뜨린 어느 날 뭔가 잊은 듯한 서운한 기분을 느꼈다면, 그 행동이 비로소 습관이 되었다는 걸 확인할 수 있을 것이다. 습관 만들기는 아이가 타인을 위해 보내는 하루를 만들지 않았으면 하는 나만의 큰 그림이다. 아이가 뭐든 자기 할 일을 스스로 알아서 했으면 하는 바람도 들어 있다. 엄마가 세미나를 준비하고 글을 쓰며 집안일을 하고, 아빠가 회사에 갔다와서 빨래를 하고, 쌍둥이 동생들이 어린이집에 다녀오는 것처럼 아이가 유치원에 가서 보내는 일과가 자연스러운 습관으로 이어져 아이의 인격과 우리의 운명에 좋은 기운으로 자리하기를 소원한다.

어느 정도 부모와 분리되는 과정을 거치면서
부모 없이 보내는 시간이 점점 늘어나고,
친구들과의 사회를 겪으며 점점 세상으로 나아간다.
아이는 그렇게 살아가는 방법을 배운다.

육아는 투게더

*
*
*

"Can you explain how to use chopsticks?"

"Sure."

스물둘의 여름 방학이었다. 나는 태어나 처음으로 집을 떠나 혼자 비행기를 타고 독일로 향하고 있었다. 비행기 안에 있는 동양인이라고는 나와 승무원 한 명뿐. 모두가 낯선 외국인이었다. 인천공항에서 출발한 비행기의 기내식 서비스에 컵라면이 있었고, 내 옆자리에 앉은 네덜란드 노부부는 나에게 젓가락 사용법을 물어 왔다. 나는 그들에게 젓가락 사용법을 알려 주었고 동시에 한국어가 더 이상 통하지 않는 현실을 직시하게 됐다.

스무 시간이 넘는 비행 후 뮌헨 공항 안내소에서 유창하지 않은 독일어로 예약한 호텔을 찾아 갔다. 여기서 하룻밤을 묵고 다음 날 도심으로 들어가는 일정이었다. 체크인을 한 다음 호텔 근처에 있는 상점에서 간단한 저녁거리를 사왔다. 호텔 방에 앉아 차가운 샌드위치를 한입 베어 물었는데, 순간 울음이 터져 나왔다. 그렇게 밤새 엉엉 울다 잠이 들었다. 17년 전 이야기인데도 아직 생생한 이유는 그때 느낀 복잡한 감정 때문일 것이다.

'뭐야, 내가 모르는 또 다른 세상이 있었어!'

인생의 낯선 길 위에서 마주치는 깨달음에는 기쁨과 두려움이 공존한다. 웃음과 울음이 마구 범벅된 상태가 되는 것이다. 어학연수라는 명목 아래, 나는 하루 사이에 타지에서 고아가 됐다. 그리고 태어나 처음으로 모든 일을 홀로 알아서 감당해야 한다는 부담을 어깨 위에 이고 있었다.

그러나 그날 밤 마음껏 운 이후로 한국으로 돌아올 때까지 단한 번도 울지 않았다. 첫 2주는 수업에 적응하느라 정신이 없었다. 영어와 독일어 사이의 신랄한 갈등 속에서 집에 전화 한 통전할 여력이 없었다. 낯선 환경에 놓인 인간의 생존 본능이 얼마나 큰지 확인할 수 있던 시간이었다.

시간이 흘러 아이를 낳고 고된 육아를 겪으면서 새삼 부모만큼 만만치 않은 역할이 없다는 걸 알게 되었다. 상황 판단이 빠른 남편과는 달리 나는 꽤 오랫동안 '엄마'와 '나'라는 존재 사이에서 줄타기를 했다. '엄마는 이래야 해'라는 말들이 정말 듣고 싶지 않았다. 엄마를 세상에서 가장 강인한 존재라고 분류하는 것도 싫었다. 왜 부모 자식 관계에서 특히 엄마만 유독 아이와 긴밀하게 연결 짓는 걸까. 부모에는 모母뿐만 아니라 부父도 있는데.

우리 부부는 첫 임신을 시작으로 부모가 되는 준비부터 출산, 육아의 모든 여정을 최대한 같이 하려고 했다. 아이가 태어난 후에는 늘 남편이 내 곁을 지켰다. 밤중 수유 시간에도 가능한 한 늘 함께였다. 다음 날 듣게 될 아내의 폭풍 잔소리가 싫어서 억지로 깨 옆에 앉아 졸지라도 말이다. 우리는 밤인지 낮인지도 모를 시간을 세 아이와 보내며 진한 육아 전우애를 나눴다. 육아가 엄마만의 기억 속에 존재하는 '그때'가 아니라, 우리 부부가 같이 보낸 '그 시절'이 된 것이다. 남편과 육아를 하면 할수록 서로를 위한 배려가 무엇인지 끊임없이 생각하게 되었다. 해를 거듭할수록 진하게 남는 육아의 여운은 우리가 함께 시간을 보내는 그 자체가 귀하고 소중하다는 느낌을 주었다. 그리고 우리가 보낸 날들을 통해 아이를 위한, 가족을 위한, 부부만을 위한, 또 나 자신만을 위한 시간도 필요하다는 것을 다시 한번 확인할 수 있었다.

종종 마음이 무너질 때마다 육아에 임했던 초심을 떠올려 본다. 특히 세 아이 육아가 유독 사무치게 힘든 그런 날, 내 안에 가장 낮은 곳에 있던 초심을 깨운다. 두 번째 임신 후 쌍둥이의 성별이 모두 아들이라는 것을 확인한 무렵이었다. 남편은 한창 우울해 하는 나에게 '괜찮아, 잘 될 거야' 하며 든든하게 내 손을 잡아 주었다. 그는 우리가 둘째를 가지기 위해 노력한 많은 시간과 첫 아이를 가졌을 때의 기쁨을 상기시켜 주고자 했다. 냉철한 그의 성격답게 정확한 일침을 가하기도 했다.

"아이가 계획한다고 우리 일정에 맞춰 와 주던? 아니었잖아. 신은 우리가 감당할 수 있을 만큼의 고통만 준다고 하더라. 분명히 이 아이들은 우리에게 때맞춰 찾아온 축복일 거야. 물론 처음보다 두 배, 세 배 더 힘들겠지. 죽도록 힘들지도 몰라. 그래도 한번 가보자, 같이!"

우리는 밤인지 낮인지도 모를 시간을
세 아이와 보내며 진한 육아 전우애를 나눴다.
육아가 엄마만의 기억 속에 존재하는 '그때'가 아니라,
우리 부부가 같이 보낸 '그 시절'이 된 것이다.

가족 관계의 적정 거리

✳
✳
✳

신혼여행을 마친 다음 날이었다. 돌아오는 비행기에서 불편한 쪽잠을 잤는데도 새벽 6시경 저절로 눈이 떠졌다. 아마도 집을 비운 사이 친정 엄마가 꽂아 놓고 간 들꽃 향이 내 코를 자극한 듯했다. 나는 한참 잠에 빠져 있는 남편을 서둘러 깨우며 울먹이는 목소리로 말했다.

"나 지금 엄마 집에 다녀와도 돼? 엄마 보고 싶어."

갑자기 잘 자던 아내가 울먹거리며 물어보니 남편은 놀라 눈을 비비며 일어나 앉았다. 그는 엄마가 보고 싶다는 말에 살짝 당황해 머리를 긁적이더니 곧 웃으며 다녀오라고 했다. 나는 서둘러 택시를 잡아타고 친정으로 향했다. 친정이라는 말도 입에 잘 붙지 않았을 때였다.

신혼집은 익숙해지기까지 시간이 필요했다. 남편은 결혼 전 살림살이가 하나둘 들어서기 시작함과 동시에 한 달 먼저 미리 이곳에 들어와 살았다. 나는 주말에야 와서 짐을 정리하면서 새 집과의 어색함을 줄여 나갔지만 낯선 느낌은 여전했다. 신혼 초, 친정 엄마와 지하철역에서 헤어지는데 각자의 집으로 돌아가는 풍경이 어색해서 돌아선 등 뒤로 엄마도, 나도 눈시울을 적셨다. 30년 넘게 많은 걸 함께한 가족이기에, 물리적으로 멀어진 거리가 마음의 거리로 이어질까 봐 두려워서였는지도 모르겠다.

그렇게 8년의 시간이 흘렀고, 이제는 내 가장 친한 친구이자 가족은 남편이 됐다. '사랑은 움직이는 거야'라는 유명 광고의 카피처럼 아이를 낳고 키우면서 자연스럽게 우리가 만든 새로운 가족이 중심이 되어 갔다. 그 사이 우리는 세 아이의 부모로 성숙해지기 위해 혹독한 육아를 견뎌야 했다. 신혼 초 부모님의 도움에 대한 감사도 잠시, 홀로 육아를 감당해야 하는 시간은 내 인생에 가장 큰 시련으로 느껴졌다. 쌍둥이가 태어나

백일이 될 동안 우리 집에 지내면서 아이들과 나를 돌봐 준 친정 엄마의 손길도, 두 달 간 첫째 아이의 하원을 챙기고 돌봐 주신 시부모님의 손길도 있었지만 그땐 고마움보다 '왜 더 도움을 주지 않을까' 하는 원망과 야속함이 더 많이 들었다. 매번 육아에 도움을 청하는 것이 마치 갑과 을의 관계처럼 느껴져서 싫었다. 그러면서 우리가 가족으로 엮여 산다는 건 어떤 의미인지, 가족 간의 관계란 무엇일지 깊이 생각하게 됐다. 또한 나와 남편이 만드는 가족은 어떤 모습이었으면 좋겠다는 현실적인 그림을 그리게 됐다.

어쩌면 우리는 평생을 관계 속에 놓인 거리의 완급을 조절해 가며 살아가는지도 모른다. 아마 얼마만큼이 적정 거리인지도 모른 채 고민을 거듭하게 될 것이다. 그러나 분명한 것은 삶의 희로애락을 함께하며 이 모든 감정이 의미 있는 일임을 증명해 주는 것이 바로 가족이라는 사실이다. 더불어 우리 존재의 유한함은 삶에 대한 소중함을 일깨우고, 서로 어떻게 보듬고 살아가야 하는지를 깨닫게 해 줄 것이다.

어쩌면 우리는 평생을 관계 속에 놓인
거리의 완급을 조절해 가며 살아가는지도 모른다.
아마 얼마만큼이 적정 거리인지도 모른 채
고민을 거듭하게 될 것이다.

기념일에 대처하는 방법

*
* *
*

"엄마! 이것 좀 봐요! 우리 차 아래로 자동차들이 다 보여요!
야아, 신난다!"

"응, 엄마도 보여. 에어컨도 안 나오고 날은 너무 덥고. 에라!
휴대폰으로 음악이나 듣자."

토요일 오후, 올림픽대로를 타고 집으로 돌아오는 길이었다.
연신 가다 서다를 반복하는 꽉 막힌 길 한복판에서 남편은 앞차
를 박는 접촉 사고를 냈다. 차에 탄 우리 모두 쏟아지는 졸음에

비몽사몽한 상태였고, 뒷자리에서 남편의 졸음운전을 목격한 나는 본능적으로 눈을 떠 그를 불렀다. 내 목소리에 깜짝 놀란 남편은 앞차의 범퍼를 살짝 박았다. 갓길에 차를 세우고 몇 분 후, 레커차가 와서 앞차와 우리 차를 실었다. 레커차 위에 차가 실리니 차에서 보이는 시야가 더 높아졌다. 살짝 무섭기도 했지만 걸어갈 수 없으니 달리 방법이 없었다. 우리는 시동을 끄고 한낮의 더위를 감내해야 했다. 세 아이 모두 얼굴이 벌게질 정도로 더웠지만 이따금 열린 창문으로 불어오는 강바람이 시원하게 느껴졌다. 다행히 아이들 가방 안에 남겨 둔 막대 사탕 덕분에 큰일 없이 정비소까지 갈 수 있었다. 나는 결혼기념일을 이렇게 특별하게 기억할 수 있어 고맙다는 의미로 남편에게 한가득 잔소리를 선사했다.

식구가 늘고 보니 매년 돌아오는 기념일이 왜 이렇게 많은지. 특히 아이들 선물을 준비할 때면 방금 연말이 지난 듯한데 새해가 다가오고, 어린이날과 생일이 오고, 연이어 추석과 연말이 온다. 그래서 세 아이 선물을 담은 온라인 쇼핑몰 장바구니는 내내 비워지지 않는다. 그러다 보니 우리의 결혼기념일은 매번 뒷전으로 밀렸다.

내가 기념일마다 꼬박꼬박 선물을 준비했던 것은 내 유년시절을 풍족하게 채워 주신 부모님 덕분이다. 초등학교 3학년까지 부족함이라곤 알지 못할 정도로 지극정성으로 챙겨 주셨으니까. 그런 내가 알을 깨고 세상에 나온 시점은 본격적인 결핍이 시작된 열한 살 때부터이다. 그때 부족함 없이 키워 주신 부모님께 고마움과 감사함을 느끼게 됐고, 덕분에 현실을 직시할 수 있었다. 또한 그 경험을 통해 스스로 부족함을 채우는 방법을 알게 되었다.

남편과 연애하던 시절, 나는 손 편지 받는 것을 무척 좋아했다. 누군가의 글씨체를 본다는 것은 그 사람의 숨겨진 내면을 들여다보는 것처럼 새로웠기 때문이다. 말로 바로 전하지 않고 호흡을 가다듬어 글로 표현한다는 사실이 나의 마음을 설레게 했다. 요즘은 손 글씨를 보기가 예전처럼 쉽지 않다. 학교 다닐 때에는 노트 필기를 잘하는 친구나 글씨가 예쁜 친구를 보면 부러움을 느꼈다. 코믹한 생김새와 달리 명필인 친구를 만나면 갑자기 그 친구의 얇은 목소리마저 지적으로 들릴 정도였으니까. 종이에 새긴 글자 하나하나가 마치 그 친구의 분신처럼 느껴져서 재미있었다.

결혼 후 남편과 내가 서로의 손 글씨를 확인하는 때는 '새해 소망 카드'를 주고받을 때다. 각자 새해에 바라는 소원을 세 가지씩 적어서 카드를 교환한다. 카드는 항상 들고 다니는 지갑에 들어갈 만큼 작아야 한다. 매일 그 소원을 비는 마음가짐으로 살자고 시작한 일인데, 어느덧 서로에게 받은 카드만 여섯 개가 넘는다. 한데 모아진 카드를 펼쳐 놓고 빌었던 소망을 확인할 때면 이미 이룬 것도 있고, 아직 이루지 못한 것도 있어서 마음을 다잡게 된다. 어떻게 지금 여기까지 왔는지, 그때 우리는 어떤 마음으로 살고 있었는지가 카드 안에 고스란히 담겨 있어서 펼쳐 보는 맛이 있다.

세 아이가 태어나면서부터 매일이 정신없이 지나가고 이제는 기념일에 메시지를 적어 보내는 일도, 서로에게 건넬 물건을 사는 일도 없다. 우리에겐 선물을 살 시간도 편지를 쓸 기운도 없기 때문이다. 그렇게 우리의 기념일은 아무렇지 않게 지나간다. 언젠가부터 아이들에게도 생일이라고 뭘 갖고 싶은지 물어보지 않는다. 다행히 유치원에서 하는 생일 파티 덕분에 그날은 친구들에게 받는 선물로 넘어간다. 대신 아이 생일에 아이가 좋아하는 일을 함께 하기 시작했다. 아이가 좋아하는 일은 매번 바뀐다. 거북이를 보러 마트 수족관 코너에 가자고 할 때도 있고, 집이 아닌 식당에 가서 밥을 먹자고 할 때도 있다. 재모는 상가의 좁은 어묵 가게에 가 물 떡꼬치를 맛보자고 한다. 대부분이 어린 쌍둥이 동생 때문에 못 해본 것들이다. 덕분에 우리의 기념

일은 못 해본 일을 해보며 소소한 재미를 채워 가는 하루가 됐
다. 머지않아 아이들이 크면 생일과 선물이 동일시될 것이다. 만
일 그날이 올지라도 지금 우리가 나눈 시간이 특별한 의미로 남
을 수 있기를 바라본다.

우리의 기념일은 못 해본 일을 해보며
소소한 재미를 채워 가는 하루가 됐다.

'복福 짓는 법' 배우기

*
*
*

주중에 휴일이 생기면 종종 첫째 아이와 영화관 데이트를 간다. 가끔 집에서도 애니메이션을 볼 때가 있는데, 그중 하나가 초식공룡 아파토사우루스 가족이 나오는 〈굿 다이노〉다.

주인공 '알로'의 모험과 우정을 다룬 이야기로, 공룡과 원시시대 인간이 공존하는 가상 세계가 배경이다. 알로는 닭에게 모이 주는 것조차 무서워하는 겁이 많은 친구다. 이런 알로의 성격을 걱정하던 아빠 공룡은 알로를 데리고 야생으로 나가지만 갑작스레 불어닥친 폭풍과 급류에 휘말려 죽고 만다. 홀로 야생에 남겨진 알로는 꼬마 원시인 '스팟'을 만나게 된다. 작은 체구에도 맨손으로 뱀을 잡고 제 몸보다 큰 동물의 위협에도 아랑곳하지 않는 용감한 스팟의 모습에 둘은 서서히 친구가 된다. 길을 잃고 집을 떠나온 알로는 스팟의 도움으로 다시 집으로 돌아가게 되고, 스팟 역시 잃어버린 가족의 품으로 되돌아가게 된다.

재모가 세 번이나 이 영화를 보면서 항상 엄마를 찾는 장면이 있는데, 바로 알로의 아빠가 급류에 휩쓸려 떠내려가는 장면이다. 처음 이 장면을 본 날은 아빠를 부르며 대성통곡을 했다. 두 번째 볼 때에는 옆에 있어 달라면서 내 손을 꼬옥 잡았다. 그러고는 아빠의 회사에 전화를 걸어 아빠가 살아 있는지 확인해 달라고 부탁했다. 마지막으로 영화를 본 날은 내게 이렇게 말했다.

"엄마는 내가 엄마만큼 자라도 죽지 말고 계속 재모 옆에 있어야 해. 알았지?"

"당연하지. 엄마가 운동 열심히 해서 재모가 엄마만큼 크고 나이 들어도 재모 곁에 있을 테니까 걱정 마."

며칠 뒤 오후, 친정 엄마가 잠깐 집에 오셨다. 이런저런 이야기를 나누다가 재모가 영화를 보고 내게 이런 말을 했었노라 전하는데, 나도 모르게 감정이 복받쳐 올라 왈칵 눈물이 고였다. 막상 아이에게 답을 할 때는 아무렇지 않았는데 말이다. 문득 죽음이란 영원히 아득하고 낯선 말 중 하나가 아닐까 싶었다.

첫째 재모의 돌잔치 때, 나는 PPT로 성장 동영상을 준비했다. 그때 영상에 넣을 1년치 사진을 정리하면서 함께 넣은 메시지가 떠올랐다.

'새롭게 시작하는 매 순간 항상 곁에 있어 주고 최선을 다해 귀 기울여 들어 줄게.'

아이를 키우면서 살아가는 데 가장 중요한 건 무엇일지 자주 고민한다. 특히 나를 나답게 지지해 줬던 기반이 무엇이었는지 돌이켜 본다. 그리고 그 물음에 대한 답이 '내 가족과 함께였던 시간'이었음을 어렴풋이 깨닫는다. 이제 내게도 오래 지속되기를 바라는 소망이 하나 생겼다. 그 소망이란 '복福을 짓는 것'이다. '짓다'는 밥을 짓고, 살 집을 짓고, 옷을 짓는 생산의 의미를 가진 동사다. 어쩌면 그건 삶을 지속하게 하는 힘을 뜻할지도 모른다. 유한한 우리 삶에 덧댄 복에 기대어 소망을 짓는 것. 그래서 내가 매일 짓는 복은 남편과 아이들 곁에서 오랫동안 함께할 수 있기를 바라는 것이다.

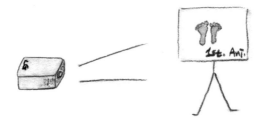

그래서 내가 매일 짓는 복은

남편과 아이들 곁에서

오랫동안 함께할 수 있기를 바라는 것이다.

우리는 역사가 될 거야

✳
✳
✳

　지난한 날들이 새롭게 다가올 때가 있다. 이럴 때 나는 나이 드는 것이 긍정적으로 느껴진다. 예컨대 매년 돌아오는 생일이 '축하를 받는 날'이기보다는 '친정 엄마가 날 낳아 준 날'이라는 생각이 들어 이제는 부모님에 대한 감사와 그리움을 느끼게 됐다. 이따금 아이의 소소한 행동에 울컥할 때도 그런 마음을 느낀다. 이렇게 당연함으로 가려진 일상이 한없는 감동으로 다가올 때가 있다.

"딸은 드라마 작가나 영화감독을 꿈꾸고 있어요. 꿈이 매번 바뀌는데, 그보다 더 걱정하는 건 딸이 공부를 못한다고 속상해하는 것입니다. 우리 집 가훈이 '인생을 여름 방학처럼'인데, 지금도 그렇게 살고 있습니다. 딸과 덕수궁 돌담길, 북촌, 서촌을 돌아다니며 즐겁게 지내고 있어요."

TV 예능 프로그램에 출연했던 장항준 감독이 한 말이다. 재모의 여섯 살을 코앞에 둔 가을, 아는 엄마들과 메시지를 주고받다가 그가 TV에서 했던 말이 대화에 오르내렸다. 저 말을 듣고 '저런 말은 장 감독이나 되니까 하는 말이 아니냐'고 말하는 이도 있었다. 그러나 그 또한 지금처럼 세상에 이름을 알리기까지 여러 차례 혹독한 시련을 겪은 것으로 알고 있다. 내게 그는 한 분야에서 오랫동안 일해 온 달관자로 느껴졌기에, 그가 이야기하는 가훈이 매우 인상적으로 다가왔다.

매년 가을은 아이와 다음 해를 어떻게 보낼지에 대한 생각으로 머릿속이 어지러워지는 계절이다. 특히 그 당시에는 아이들의 교육관에 대한 기준이 명확하게 자리 잡히지 않아 갈팡질팡했었다. 주변에 많은 아이들이 영어 유치원 입학을 앞두고 있어서 일반 유치원에 갈 재모를 생각하니 조바심마저 느껴졌다.

가끔 남편과 아이들의 사교육 시기와 그 기준을 이야기하곤 한다. 언제부터 본격적인 공부를 시작하게 할 것이며, 어느 선까지 지원해 줄 것인지에 대해서. 그럴 때마다 우리의 결론은 공부의 주체는 우리가 아니며, 아이가 무엇을 하고 싶어 할지 모르기 때문에 섣불리 모든 길을 정해 놓고 시작하지 말자는 이야기로 마무리된다. 공부를 잘해 좋은 직업을 갖는다고 행복한 건 아니라는 사실도 너무나 잘 알고 있다. 누군가 이런 말을 한 적이 있다.

'아빠처럼 살기는 싫은데, 아빠처럼 되는 게 쉽지는 않아'

20대의 나는 하고 싶은 일을 찾기 위해 다양한 커리어를 쌓으며 바쁘게 보냈다. 결국 원하던 분야에서 일을 하게 됐지만 정말 하고 싶은 일인지에 대한 고민이 다시 나를 방황하게 했다. 30대가 되어 결혼으로 가정을 이루게 되었고, 40대를 바라보면서 어떻게 살 것인지를 연구하기 시작했다. 그러면서 가정을 화목하게 잘 만들고 싶다는 바람을 갖게 됐다.

아이를 셋이나 키우지만 여전히 육아는 내게 낯선 미지의 영역이다. 아이들이 서로 비슷한 듯 보여도 각자 모두 다른 개성과 특징을 갖고 있기 때문이다. 시중에 나온 수많은 육아서의 노하우는 내 아이가 주인공이 되어 쓰여진 게 아니기 때문에 그저 모두 참고 자료일 뿐이다. 그래도 그 참고 자료를 내 육아에 대입

해 보면서 나와 아이들만의 절충안이나 발전된 방법을 찾아볼 수 있었다. 그러면서 자연스럽게 우리 가족이 어떤 모습으로 살면 좋을지 그려보게 되었고, 그 상이 대입된 '가훈'을 고민하게 됐다.

오늘 쓰인 우리의 기록이 훗날 내 아이의 자식들에게 전해질 우리 가문의 역사라는 생각이 들어 짜릿한 전율과 설렘이 인다. 국사책이나 저명한 연구 기록에 실려야만 역사가 되는 것이 아니다. 우리는 매일 우리의 역사를 쓰면서 하루를 마감한다. 우리의 가훈은 우리 가족의 삶의 좌표를 제시해 주는 나침반이 될 것이다.

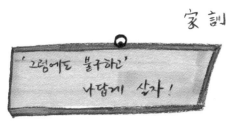

家訓

'그럼에도 불구하고'
나답게 살자!

오늘 쓰인 우리의 기록이
훗날 내 아이의 자식들에게 전해질
우리 가문의 역사라는 생각이 들어
짜릿한 전율과 설렘이 인다.

Home,
Sweet Home

✳
✳
✳

어릴 때 엄마가 즐겨 불러 주던 동요 중에 「내 이름(예솔아!)」
라는 노래가 있었다. '예솔아 할아버지께서 부르셔/예 하고 대답
하면/너 말구 네 아범' 하던 가사가 인상적인 노래다. 아이의 이
름을 부를 때 손녀가 예, 하고 달려가지만 막상 할아버지가 부르
는 사람은 손녀의 아빠와 엄마였다는 이야기다.

처음 '누구 엄마'로 불리던 날의 떨림을 기억한다. 남편과 내
가 '재모 아빠, 재모 엄마'로 불리기 시작하던 때의 그 간지러움

이 떠오른다. 그러면서 자연스럽게 '부모'라는 단어의 진중함을 느낀다. 평생을 어떻게 살지 고민하는 일처럼, 세 아이가 커갈 때마다 어떤 부모로 살아야 할지 고민하게 된다.

이렇게 관계의 적절함을 위해 끊임없이 노력하는 관계가 부모 자식 간이 아닐까. '참아야지' 하면서도 화를 내버린 밤이면 휴대폰에 저장해 둔 아이 사진을 보며 내일은 좀 더 다정하게 행동하고 선한 영향을 주리라 다짐한다. 아이가 더 나은 세상과 환경에서 살길 바라는 마음 때문에 간섭하지 않을 수 없지만, 아이는 독립된 인격체이므로 객관성을 잃지 말아야 한다. 많은 부모가 친구 같은 부모가 되고 싶다는 말을 한다. 아마 그 저변에는 무조건적인 지지와 격려로 정서적인 친밀감을 유지하고 싶다는 마음과 부모의 말을 잔소리가 아닌 삶의 지혜로 받아들였으면 하는 간절한 바람이 숨어 있을 것이다.

나는 '부모'란 자식이 생기면 자연스레 붙는 이름표인 줄 알았다. 그런데 어떤 부모가 될까 고민할 때마다 결국 부모란 지울 수 없는 문신의 흉터처럼 느껴진다. 그 흉터 위에 '내 아이'에 대한 애틋함이 다른 결로 겹겹이 새겨진다. 시간이 흘러도 변치 않는 진실은 우리가 부모로 살게 된 시작점 앞에 이미 아이들이 존재한다는 것이다.

어리숙한 부모인 '나'와 어린 '너', 서로의 뜨거움을 공유하는 지금 이 시간이 있기에 아이들에게 이해받으려는 부모가 아니라 이해해 주는 부모가 되려고 노력해본다. 언제 어디서든 길을 잃고 방황할 때 집으로 돌아올 수 있도록, 포용하고 품어 줄 수 있는 부모가 되기 위해 애써 본다. 세상에 나아가 깨지고 부딪혀도 다시 충전할 수 있는 '홈 스윗 홈'이 될 수 있게 말이다.

어리숙한 부모인 '나'와 어린 '너',
서로의 뜨거움을 공유하는 지금 이 시간이 있기에
아이들에게 이해받으려는 부모가 아니라
이해해 주는 부모가 되려고 노력해본다.

삶을
사랑하는 방식

오늘을 즐길 충분한 자격

✳
✳
✳

아이가 두 돌 무렵이 되면 본격적으로 어린이집이라는 사회생활을 시작한다. 약 4주간의 어린이집 적응 기간을 마치면 본격적으로 엄마들에게도 자유 시간이 주어진다. 처음 만끽하는 자유가 당혹스러울 때도 있다. 간혹 무엇을 할지 몰라 우왕좌왕하기도 한다. 아이들 하원까지 꽤 긴 시간이 주어진 듯하지만 그안에 처리해야 할 일들이 많다. 아침 설거지, 밀린 빨래와 청소 등의 집안일을 하고 좀 쉬려고 하면 점심시간이 된다. 식사 후

커피 한 잔 마신 다음 아이들이 먹을 간식과 저녁식사 메뉴를 미리 준비한다. 자유롭게 보낼 수 있는 시간은 마음먹고 잡은 약속 외에는 없다.

매일 아침 등원을 할 때면 재모가 말한다.

"엄마는 집에 있어서 좋겠다."

아이는 집에 있는 엄마가 종일 논다고 생각한다. 그래서 잠에서 깨면 하루 일과를 묻는 아이에게 나도 내 일과를 말해 주기 시작했다. 원래는 하원하면서 아이에게 어떤 일이 있었는지 궁금해 묻기 시작했었는데, 이제는 서로의 하루를 공유하게 되었다. 나는 가끔 아이의 일정에 마술극이나 강당 활동이 있으면 부럽다는 말을 하기도 한다.

하원 시간이 가까워질수록 힘겨워 하는 나를 보며 남편은 그렇게 긴 시간을 혼자 보냈는데도 부족하냐며 볼멘소리를 한다. 그러고는 영화 〈부당거래〉의 류승범으로 빙의해 말한다.

"호의가 계속되면은 그게 권리인 줄 알아요!"

그러면 나는 답한다.

"육아에서 엄마의 희생이 계속되면은 그게 엄마의 의무인 줄 알아요!"

그리고 이번에는 내가 드라마 '가을동화'의 원빈에 빙의해 한마디 덧붙인다.

"얼마나 줄 수 있어? 육아 노동을 돈으로 환산하면 얼마인지 아냐고! 네가 육아를 알아? 웃기지 마! 24시간 항시 대기 모드로 사는 엄마들의 삶을 네가 아냐고! 염색체 절반을 제공했으면 책임 의식을 가져!"

아이들이 없는 사이 생기는 자유 시간은 늘 모자랐다. 나는 소위 '나 홀로 육아', '독박 육아'를 하면서 예전에는 느껴 보지 못했던 다양한 감정에 종종 질문을 던진다. 그중 가장 많이 했던 질문은 '지금 가장 힘든 건 무엇인가'였다. 질문을 떠올릴 때마다 다양한 답이 나왔다. 아이가 안아 달라고 떼를 쓴 날은 하루 종일 안아 주고 업어 주느라 팔목과 어깨가 아파서 잠들기가 힘들었다. 아이들 새벽 수유를 하느라 몇 달 동안 통잠을 못 잔 때에는 눈에 실핏줄이 올라와 눈을 뜨고 감을 때마다 주변 근육이 뻐근했다. 또 우울증이 주기적으로 반복되면 홀로 외출할 수도, 이야기 나눌 상대도 없어 외로웠다.

이제 나는 한시적으로 주어진 자유를 마음껏 활용하기 위해 하고 싶은 일들을 휴대폰 메모장에 적어 두거나 냉장고에 써 붙여 둔다. 아이들이 좀 더 자라면 하고 싶은 일들을 상상하며 적기도 한다. 아이들 없이 여자들끼리 떠나는 여행을 계획해 보기도 하고 아이를 키우느라 오래 보지 못한 사람들과의 모임을 계획하기도 한다. 회사 동료에서 아는 선후배로 남은 여러 사람들과 연락을 주고받고, 결혼 전 홀로 조조 영화를 봤던 것처럼 현재 상영 중인 영화는 무엇인지 살펴본다. 아이들과 갈 엄두가 나지 않는 전시회 일정을 찾아보고 맛집을 순례한다. 그간 못했던 운동을 하고, 언젠가 해보고 싶은 운동 리스트를 써보기도 한다. 서점에 가서 읽고 싶었던 책을 마음껏 읽는 날도 있다. 그렇게 나만의 자유 시간을 최대한 활용하기 위해 열심히 움직인다. 나는 내게 주어진 '오늘'을 누릴 충분한 자격이 있으니까.

나만의 자유 시간을
최대한 활용하기 위해 열심히 움직인다.
나는 내게 주어진 '오늘'을 누릴
충분한 자격이 있으니까.

소확행을 위해,
엄마는 오늘도

✻
✻ ✻
✻

아이들이 아프면 내 시간도 멈춘다. 어제까지만 해도 촘촘했던 하루가 아이 병간호로 올 스톱이다. 보통 일주일을 버티면 병세가 호전되기 마련인데 이번은 다른 때와 다르다. 일요일 오후부터 오르기 시작한 셋째 아이의 체온은 서너 시간 간격으로 오르내리길 반복했고, 그 상태가 금요일까지 지속됐다. 밤과 새벽 사이 졸린 눈을 부릅뜨고 아이의 열 상태를 수시로 체크하다 보니 이 상황이 고역처럼 느껴졌다. 쪽잠으로 이어 가던 이틀은 버틸 만했는데 사흘, 나흘째가 되니 점점 몸이 축나는 게 느껴졌다.

나는 첫째와 둘째에게도 병이 옮을까 봐 생각날 때마다 집 안 소독을 했다. 그리고 세 아이가 모두 잠들고 나면 막내를 몰래 안아서 안방 침대에 눕혔다. 일이 많아 한참 새벽 퇴근을 일삼던 남편과는 아이의 해열제를 들고 주방으로 가던 길에 마주쳤다. 이미 지칠 대로 지친 서로의 모습을 반쯤 감긴 눈으로 바라보았다. '고생이 많아'라는 짤막한 인사를 나눈 뒤 남편은 첫째와 둘째가 있는 방으로, 나는 아픈 셋째가 있는 안방으로 향했다.

극도로 예민해진 나는 세 아이가 잠든 후 한순간이라도 내 마음 편히 보낼 수 있는 시간이 없음에 화가 났다. 읽어야 할 책과 써야 할 글이 있었지만 아무것도 할 수 없었다. 열이 39도가 넘는 아이를 깨워 해열제를 먹이는데, 먹지 않으려는 아이와 그래도 먹이려는 나의 사투에 왈칵 눈물이 났다. 평소 같으면 온몸으로 거부하는 아이를 어르고 달래며 힘겨운 새벽을 보냈겠지만, 이번엔 매번 되풀이되는 답답한 상황에 가슴이 먹먹해졌다.

'내가 지금 뭘 하는 걸까… 지금은 아이를 돌볼 때인데… 이 와중에도 글을 쓸 시간을 조금이라도 찾으려는 나는 이기적인 엄마일까….'

두 번째 임신으로 쌍둥이를 갖게 되면서 깊은 우울증에 시달렸다. 첫째 때는 아이를 기르며 겪는 모든 일이 낯설어서 힘들었다. 그러나 쌍둥이를 임신하고 갑자기 세 아이의 엄마가 된다는 부담감과 도움을 요청할 곳이 없음에 불안했다. 어느 누구 하나 '내게 맡겨'라고 말해 주는 사람이 없었다. 그냥 '잘될 거야', '어떻게든 되겠지'라는 안개 같은 말만 허공에 흩렸을 뿐이다.

이 불안을 잠재우기 위해 내가 택한 것은 '읽고 쓰는 일'이었다. 어디서부터 읽고 써야 할지를 몰라서 몇 년 동안 지켜봤던 함께성장인문학연구원에 문을 두드렸다. 바쁜 육아 중에 틈을 내어 글을 쓰는 게 욕심 같아 고민이라고 말하자 선생님은 이렇게 답해 주었다.

"어찌 그것이 이기적인 욕구일까요."

누구나 삶을 지탱해 주는 힘 하나씩을 품고 살아간다. 그것이 돈을 쓰는 일이든 마음을 주는 일이든, 시간을 내어 주는 일이든 말이다. 힘든 상황에 맞닥뜨렸을 때 버틸 수 있도록 나를 단단히 잡아 주는 것, 나에게 그건 읽고 생각하고 쓰는 일이었다. 그것이 육아로 일을 포기할 수밖에 없었던 내 중심을 잡아 준 버팀목이었다.

애석하게도 이 세상에 힘을 들이지 않는 쉬운 육아는 없다.

그래도 아이는 뜻밖의 장소에서 서툰 언어로 묘한 감동을 준다. 보통 나는 '좋다'라는 말을 행복하다는 말의 동의어로 사용한다. 정말 좋은지, 딱 그만큼 좋은지, 좋다 뒤에 감탄사가 붙는지의 유무에 따라 느끼는 행복의 깊이가 다르다. '행복하게 살자, 행복하고 싶다'처럼 목적이 '행복'이 되는 말에는 인색해진다. 더 큰 행복을 꿈꾸기보다 소소한 일상에서 행복을 누리며, 나의 '소확행'을 즐기며 살아가고 싶다. 그래서 나는 읽고 쓰고 생각하는 나만의 소확행을 위해 오늘도 육아라는 치열함을 뚫고 지나간다.

읽고 쓰고 생각하는 나만의 소확행을 위해
오늘도 육아라는 치열함을 뚫고 지나간다.

늙어가는 나를
껴안아 주기

*
* *
*

출산 후 여자에게 숨길 수 없는 세 가지는 뱃살과 눈물, 노화
가 아닐까? 식사를 하면 어김없이 불러오는 윗배, 이전과 달라
진 배꼽 생김새, 예전보다 두툼해진 뱃살, 희미한 임신선 자국과
튼 살이 출산을 겪은 몸임을 명확히 해 준다. 또 시도 때도 없이
터져 나오는 눈물 때문에 돌발 상황이 생기기도 한다. 기쁠 때는
물론이거니와 예상치 못한 뿌듯함에 스스로가 대견해질 때, 사
촌이나 아는 지인의 결혼식 때, TV 방송으로 강연을 듣는데 부

모님이나 자식에 대한 내용이 언급됐을 때, 공명되는 글귀를 봤을 때 별안간 흐르는 눈물에 놀라기도 한다.

노화는 우연히 내 SNS에서 결혼 전후, 출산 전후의 사진을 구경하다가 느꼈다. 몸무게의 변화가 가장 크겠지만 단순한 무게 변화와는 차원이 달랐다. 물론 나이가 들었으니 전반적인 신체 기능이 떨어지는 것은 당연하다. 그러나 단순한 무게의 변화만으로는 형용하기 힘든 '나이 듦'이 있다. 아마도 육아를 하면서 단시간에 받는 스트레스가 원인이 되었을 것이다.

나이가 들어서 좋은 점은 내 인생이 좀 두툼하게 느껴진다는 점이다. 천 원짜리 몇 장으로 채워졌던 20대 시절의 지갑이 만 원짜리로 두둑해진 느낌이다. 살아온 세월은 작은 말 하나에도 상처 입었던 어린 나에게 작은 것쯤은 웃어넘길 수 있는 여유를 안겨 줬다.

나이를 먹는다는 것은 단순히 숫자가 늘어가는 것이 아니라 인생을 보는 시야의 깊이가 바뀌는 게 아닐까 생각한다. 뉴스에 오르내리는 기사 한 줄만 봐도 그 문장에 얽힌 다양한 사연이 보여 삶이 더 치열하고 아련하게 와닿는다. 하지만 깊어지는 눈가 주름과 늘어지는 피부는 바꿀 수 없다. 뭘 걸쳐도 생기가 없는 것이, 친정 엄마가 왜 그렇게 립스틱을 챙겨 발랐는지, 나이가 들면서 왜 더 향수를 짙게 뿌린 건지 알게 됐다.

2년 전 겨울, 병원 응급실로 향하던 길이었다. 남편과 내가 세 아이를 낳고 처음으로 보내는 둘만의 시간이었다. 나는 남편에게 이렇게 말했다.

"애들 없이 둘만 있는 시간은 이렇게 병원을 갈 때뿐이구나."

병원으로 나서기 전날 밤, 나는 새벽 내내 토하느라 잠을 자지 못하고 침대 한쪽에 기대 어질어질한 머리를 부여잡고 있었다. 쌍둥이가 두 돌을 갓 지났을 때여서 병원에 가더라도 남편에게 아이들을 부탁하고 나 혼자 가야 했다. 다행히 집 근처에 있는 병원이라서 걸어갈 수는 있었지만 이 상태로 혼자 갈 수 있을지 의문이었다. 여전히 머리는 빙빙 돌았고 그러다 찰나의 순간 몸에 힘이 빠져 맥없이 주저앉았다. 어쩔 수 없이 친정 엄마에게 전화를 걸어 세 아이를 맡긴 후 남편 차를 타고 병원으로 향했다. 병명은 이석증이었다. 잘 쉬지 못하면 나타날 수 있는 증상이라고 했다.

당시 아이들이 2주 동안 번갈아 아팠던 탓에 연달아 병간호를 하던 내 몸에도 탈이 난 것이다. 아이를 키우면서 가장 억울할 때는 이렇게 내 몸이 아플 때다. 아이들을 챙기느라 자연스럽게 내 안위가 뒷전이 된 듯해 속상했다. 또 아이들이 아프면 간호를 해 줘야 하는 스트레스도 있지만, 나는 받을 수 없는 관심을 아이들에게는 쏟아야만 하는 불균형적인 현실이 문득문득 싫었다. 애석하게도 내 건강을 물어 주는 이는 아무도 없었다. 그래서 내가 스스로를 챙겨야만 했다. 이제는 지금 당장 하지 못해도 언젠가 하고 싶은 일을 계획하거나 사고 싶은 것을 장바구니에 담아 두면서 나에게 관심을 가지려고 한다.

지난 8년간의 육아가 나를 잃어버리며 근근이 버텨온 시간이었다면, 이제는 나와 아이들이 함께 살아갈 긴 시간이 될 것이다. 이를 버틸 동력은 내 안의 나를 수없이 보듬으며 찾아야 한다. 그래서 나는 나를 살피는 시간과 노력을 끝까지 멈추지 않고 해나가기로 했다.

나는 나를 살피는 시간과 노력을
끝까지 멈추지 않고 해 나가기로 했다.

부부 설렘 소생술

*
*
*

상가 단골 약국에 들어서자 느닷없이 약사가 물었다.

"재모네는 엄마, 아빠가 어떻게 그리 닮았어요?"

약국 진열대에 놓인 장난감을 구경하는 재모에게 집중하느라 약사의 질문을 놓친 나는 되물었다.

"네? 재모가 저를 많이 닮았다고요?"

"아니, 재모 엄마랑 재모 아빠가 많이 닮았다고요."

"아아, 네, 저희 부부요. 좀 많이 닮았죠?"

약사는 자기 지인들 중에도 우리처럼 남매같이 닮은 한 부부가 있다고 말했다. 그러더니 인연이란 게 정말 있나 싶다면서 우리 연애사에 대해 물었다. 나는 '중학교 짝꿍이었어요'라고 살포시 한마디 건넸는데, 약사는 너무 재밌다며 이것저것 물어 왔다.

남편과 나는 초등학교에서 중학교까지 학창 시절을 함께 보낸 동창이다. 우리는 중학교 3학년이 되어서야 '같은 반 짝꿍, 첫사랑'이라는 타이틀로 서로에게 인지되었다. 언젠가 28개월에 접어든 재모가 식탁에서 밥을 먹고 있는데 갑자기 이런 말을 했다.

"아빠가 안경 벗으면 엄마, 엄마가 안경 쓰면 아빠!"

나는 재모가 던진 말이 너무 웃겨 다시 묻는다.

"재모야, 뭐라고? 아빠 안경이 뭐?"

그러자 재모는 두 번째 손가락을 옆에 앉은 아빠 안경에 갖다 대면서 배시시 웃으며 말했다.

"아빠가 안경 벗으면 엄마! 엄마가 안경 쓰면 아빠!"

순간 나와 남편은 박장대소를 했고 우리의 모습이 참 많이 닮아 있다는 사실을 부정할 수가 없었다.

이렇게 귀한 인연으로 만난 우리인데, 매일의 육아에 급급하다 보니 서로에 대한 관심이 점점 줄어드는 것을 느낀다. 급기야 서로를 마치 거울인 양 보게 된다. 파트너십을 넘어선 동지애가 우리를 부부 사이가 아닌 아는 형 동생 사이처럼 만든 듯하다.

그래도 나와 남편은 언제나 서로가 '0순위'라고 망설임 없이 말한다. 어차피 아이들은 성인이 되고 자신의 길을 찾으면 우리 곁을 떠나갈 것이다. 결국 가족의 시작과 끝 지점에는 남편과 내가 서로의 손을 잡고 서 있을 것이다. 누군가 결혼 전 연애의 기술은 초급자 과정이고, 결혼 후 사랑의 기술은 상급자 과정이라고 했다. 결혼이라는 긴긴 상급자 과정을 밟아가기 위해서는 무뎌지고 흐릿해진 연애 세포를 슬슬 깨워야 한다. 나는 남편과 인류애가 아닌 설레는 감정으로 살아가고 싶다. 그러기 위해서는 서로를 탐구하려는 노력을 게을리하지 않아야 한다고 생각한다.

나는 드라마를 보면서 연애 시절의 설레던 순간을 반추해 보기도 하고, 주인공 아닌 주변인들에 감정을 이입하면서 내 안에 얼어 있던 다양한 감정을 소생시킨다. 그러면서 내가 맡은 엄마, 아내, 딸, 며느리 역할에 대한 고민도 해본다.

가끔씩 내 핸드백과 주머니 안에서 발견되는 장난감 자동차를 볼 때면 세 아이가 내 삶에 아주 깊숙이 들어와 있다는 것을 느낀다. 지금은 한창 어린 내 아이들이 중심에 있는 하루지만, 나는 오늘도 내 안에 '나다움'을 소환하는 드라마를 탐색한다. 그리

고 오늘도 남편과의 인류애를 설레는 사랑으로 바꾸기 위한 부
지런함을 귀찮아하지 않는다.

오늘도 남편과의 인류애를
설레는 사랑으로 바꾸기 위한 부지런함을
귀찮아하지 않는다.

내 삶을 사랑하는
나만의 방식

*
*
*

휴대폰으로 한창 음악을 듣는데 활성화된 창이 꺼지니 무료로 듣던 음악이 바로 끊겼다. 이제 막 노래의 메인 부분이 시작되려던 찰나였는데…. 혹시나 해서 정말 오랜만에 싸이월드에 접속해 봤다. PC로 봤을 땐 베타 서비스라고 표시되어 있었는데도 모바일에서 음악이 끊기지 않고 잘 나왔다. 싸이월드를 이용하던 당시 배경음악 선정에도 공을 들였던 터라 내 플레이리스트에 있던 음악이 매우 그립기도 했다.

지금처럼 블로그가 유행하기 전 개인 홈페이지처럼 꾸밀 수 있었던 싸이월드는 지인들의 근황을 살피고 연락을 주고받는 소셜 미디어였다. 사이버 머니였던 '도토리'를 충전해서 BGM을 구매하고 집을 꾸미듯 내 미니룸을 업데이트했다. 사진을 올려 친구들과의 추억을 공유하고 방명록을 통해 사소한 이야기를 주고받았다. 일명 파도타기를 하며 친구의 근황을 살피기도 하고, 홈페이지 메인 소개에 오늘의 기분을 적어 내 상태를 실시간으로 드러내기도 했다. 방문자가 몇 명이나 되는지 카운팅해 인기 홈페이지에 등극되기도 하고, 잘 모르던 음악이 인기 BGM에 등극해 갑자기 음반 순위에 들어가기도 했다. 그러나 블로그가 급부상하기 시작하면서 싸이월드는 시류에 안착하지 못하고 결국 서비스를 종료하게 되었다. 그 소식을 듣고 내 20대의 일부가 떨어져 나간 듯 아쉬운 마음이 들었다.

　　7년만에 접속한 싸이월드에서 내 시선을 끄는 것은 '일기장'이었다. 타임머신을 타는 기분으로 열어 본 일기장에는 두려움 가득했지만 새로운 도전을 서슴지 않았던 활기차고 밝은 내가 있었다. 일과 사랑에 대한 열정이 가득했고, 스스로에게 괜찮은 사람이 되기 위해 노력하는 모습이 보였다. 그때부터 지금까지 변하지 않는 고민거리는 '어떻게 살 것인가', '어떤 마음가짐으로 살 것인가'에 대한 것이다. 내 존재의 이유는 바로 그런 질문들로부터 나왔다.

결혼을 하면서 이러한 고민들은 '가족'이라는 삶의 새로운 장으로 펼쳐졌다. 어떤 부모가 될지, 무엇을 하며 살고 싶은지에 대한 물음이 내 삶을 지배하기 시작했다. 어떨 때는 전업 엄마라는 이유로 세 아이 육아가 고스란히 내 몫이 된 게 억울하게 느껴졌다. 엄마라는 역할이 나 자신을 집어삼킨 기분은 처참했다. 나는 그 안에서 나로 살기 위해 버둥거렸고, 매일 읽고 쓰기 시작하면서 엄마가 아닌 그냥 '나'로 존재할 수 있는 길을 찾아 나섰다. 아이들이 잠든 밤과 새벽 시간을 마다하지 않고 글을 썼고, 쌍둥이를 임신하고 겪는 신체 변화도 이겨 내기 위해 노력했다.

이제야 비로소 나는 세 아이 육아에 치여 내 안에 가득한 열정을 억누르고 있었다는 걸 깨닫게 되었다. 아이들이 잠든 시간을 글로써 기꺼이 즐기는 것은 나와 내 삶을 사랑하는 나만의 방식이다.

매일 읽고 쓰기 시작하면서 엄마가 아닌
그냥 '나'로 존재할 수 있는 길을 찾아 나섰다.

진심으로 표현할 것

✻
✻
✻

서로를 돌볼 틈도 없이 하루하루 이를 악물며 버티던 날이었다. 남편은 새로 바뀐 부서 일로, 나는 세 아이 육아와 살림으로 에너지가 고갈된 상태였다. 야경증을 앓던 형모의 새벽 수발을 들다가 어느새 침대 끄트머리에 겨우 몸을 뉘이고 잠이 든 나를 발견하곤 했다. 아이가 다시 깊은 잠에 빠지는 시간은 보통 새벽 3시 30분. 밝아 오는 새벽에 쓰러져 잠이 들면 남편이 출근 준비를 시작하는 6시 30분이 다가온다. 항상 출근 배웅을 해 줬었는데 그 몇 달간은 배웅은커녕 눈을 뜨는 것조차 버거웠다. 이런 나를 배려한 남편은 침대로 와서 인사를 하고 집을 나섰다. 어떤 밤과 새벽을 지났는지 서로 너무나 잘 알고 있었기 때문에, 각자의 자리에서 이 시간을 버틸 수밖에 없었다.

쌍둥이가 태어난 지 1년이 지났을 무렵, 남편은 갑자기 본인을 '일하는 소'라고 자칭하기 시작했다. 어느 날 그가 이런 메시지와 함께 동영상 링크를 하나 보내 왔다.

"이 영상을 보고 뭔가 느끼는 것이 있었으면 해."

'30일의 약속'이라는 제목의 광고 영상이었다. 영상에는 남녀 한 커플이 나온다. 두 사람은 다른 커플들처럼 행복한 연애를 시작으로 결혼을 하고 달콤한 신혼을 보낸다. 그렇게 영원할 것 같던 달달한 시간은 평범한 일상 속에 서서히 묻히기 시작한다. 부부는 전처럼 매일이 애틋하거나 아쉽지 않다. 결혼기념일은 더 이상 특별할 것 없는 날이 됐다. 급기야 남편은 '우리 더 이상 행복하지 않잖아'라는 말과 함께 이혼 서류를 내민다. 당황한 아내는 밤사이 고민에 빠지고 다음 날 아침, 한 달 동안 본인이 요구하는 행동에 따라야 이혼할 수 있다는 조건을 내민다.

그 조건은 매일 출근하기 전에 안아 주는 것, 아침에 일어나면 침대에서 키스해 주는 것, 산책하면서 손잡아 주는 것, 밤에 잠들기 전에 사랑한다고 말해 주는 것이었다. 남편은 처음에 어색해 했지만 시간이 지나면서 점점 다시 애틋함을 느낄 수 있었다. 그러면서 다시금 아내에 대한 사랑을 확인했다.

그 영상을 보고 있으니 광고 속 소원해진 부부 관계가 꼭 지금 우리 같았다. 전쟁 같은 오늘을 보내고 각자의 내일을 준비하기 바쁜 요즘의 그와 나. 생사만 확인할 뿐 오가는 말수도 줄고 이제는 서로의 관심사와 고민에 대해 더는 궁금해 하지 않는다. 어쩌면 남편이 보낸 것은 회사에서도, 집에서도 소외되고 고립되는 자신을 잡아 달라는 신호가 아니었을까.

연인들이 흔히 하는 말 중 하나가 이런 것이다.

"내가 왜 화났는지 아직도 모르겠어?"

"말 안 해도 내 맘 알지?"

신도 아니고 독심술사도 아닌 사람이 어떻게 상대의 마음을 알아차릴 수 있을까. 마음을 드러내 표현하지 않으면 아무도 모르게 영영 잊히고 말 것이다. 그렇기 때문에 최대한 구체적인 표현으로 진심을 전해야 한다.

그래서 나는 6주년 결혼기념일에 남편 회사로 꽃바구니를 보냈다. 힘들면 힘들다고 고래고래 외치는 나와는 다르게 묵묵히 속으로 삭히는 그를 위로하기 위해서였다. 결혼 후 식구가 늘어

나는 책임에 홀로 외로운 사투를 벌이는 그에게 이런 메시지를 담아 보냈다.

'너는 소가 아니고 우리 집 가장이야. 혼자 고생시켜서 미안해. 사랑해.'

관계는 함께하는 시간과 서로에게 다가서려는 노력으로 만들어지는 것이다. 그날 이후 우리 부부는 서로의 속마음을 이야기하기 시작했다. 언제나 대화를 통해 상대에게 진심을 전할 수 있기를. 그렇게 전해진 진심이 우리 가족을 단단히 묶어 줄 것임을 믿는다.

관계는 함께하는 시간과
서로에게 다가서려는 노력으로
만들어지는 것이다.

독박 육아와 욕과 클래식

*
*
*

TV 프로그램 '김제동의 톡투유 - 걱정말아요! 그대'에서 출연진들이 욕에 대한 음향학적 분석을 하는 장면이 나온 적이 있다. 방송에 따르면 사람들은 '쓰, 파, 타, 카'와 같이 된소리가 들어간 단어를 발음할 때 입에서 시원함을 느낀다고 한다. 10색 볼펜, 18색 크레파스, 스칸디나비아와 같은 단어가 그런 청량감을 주는 단어들이다.

욕이 입 밖으로 나올 때는 심리적으로 압박을 받을 때가 아닐까. 아는 지인 중 한 사람은 놀이공원에서 무서운 놀이 기구를 타면 절로 욕이 나온다고 했다. 나는 독박 육아가 사흘 이상 지속되면 욕이 절로 나오는 순간을 만난다. 새벽 여섯 시 반 남편의 출근을 시작으로 세 아이 모두 잠든 밤 아홉 시 반까지, 14시간이 넘는 시간을 육아와 집안일을 하며 보냈다. 아직 야근 중인 남편에게 집에 언제 올 거냐는 문자를 남겼다. 그는 야근이 끝나고 회식 중이라며 술에 취해 천진난만하게 웃는 사진을 보내 왔다. 문자를 확인하는 순간 육두문자가 튀어나왔다. 예전에는 남편이 싫어하는 쇼핑으로 집에 들어오게 한 적도 있었다.

"지금 집에 안 들어오면 네가 도착할 때까지 쇼핑할 거야. 카드 결제됐다는 문자 계속 받기 싫으면 빨리 집으로 뛰어 오는 게 좋을걸?"

그땐 남편 회사와 집 사이의 거리가 버스 두 정거장 거리로 무척 가까웠다. 문자를 보낸 후 약 20분 정도가 지나면 고요한 아파트 복도의 어두운 적막을 깨고 허겁지겁 서둘러 집으로 돌아오는 남편의 발소리가 들렸다.

일 년 중 어떤 날은 남편이 '이번 달은 한 달 내내 야근을 하니 저녁에 나를 찾지 마시오'라고 통보하는 달도 있다. 물론 회사 일로 가장 바쁜 달이니 미리 양해를 구하는 것이리라. 그러나 이건 18색 크레파스와 시베리안 허스키로도 모자라는 한 달이 될 것이라는 예보나 다름없다. 언젠가 한번은 아이들이 있는 상황에서 내가 욕을 하자 남편이 화를 낸 적이 있다. 얼마나 한계에 이르렀으면 욕을 했을지 생각하지 않고 잘못된 행동만 지적하는 그가 미웠다.

"한 달 내내 혼자 애 보면서 밤에도 애들 뒤척이는 소리에 잠도 못 자는데, 너는 이 상황에서 내가 우아하길 바라니? 내가 지금 정상적인 상태로 보여?"

나는 억울하고 악에 받쳤지만 차마 입으로 계속 욕을 할 수가 없어서 A4 용지에 욕을 썼다. 5분 정도 펜을 휘갈긴 후 써 놓은 욕을 찬찬히 읽어 봤다. 글로 적힌 욕을 쭉 읽고 나니 나도 모르게 피식 웃음이 나왔다.

'어머, 내가 이렇게 욕을 잘했었나?'

욕을 하고 나면 입은 시원해진다. 하지만 시원함 뒤에 오는 공허함이 있다. 속에서 올라오는 울분 덩어리를 밖으로 던져 뱉는 것일 뿐이니 그런 기분이 들 수밖에 없을 것이다.

그렇다고 아이들이 커가는데 매번 욕을 하며 근근이 버틸 수 없다. 나는 그런 내 울분을 해소하기 위해 욕 대신 내가 좋아하는 활동을 해보기로 했다. 그중 하나가 클래식 음악을 듣는 일이었다. 어린 시절 피아노와 플루트를 배우면서 클래식을 즐겨 들었다. 20대 후반에는 회사를 다니며 직장인 아마추어 오케스트라의 단원으로 활동하기도 했다. 합주를 하면서 '함께 하는 음악'이 가진 아름다움과 매력을 더욱 느낄 수 있었다.

재모와 실랑이를 벌이고 있던 날, 뭐라고 따끔하게 말해야 같은 행동을 반복하지 않을지를 생각하면서도 치솟는 화를 주체할 수 없었다. 그런데 아침 식사를 준비하며 틀어 둔 라디오에서 클래식 교향곡이 흘러나왔다. 마침 내 분노가 최고조에 이르려 할 때 쇼스타코비치와 라흐마니노프가, 숙련된 연주자의 신들린 손이 내 마음을 어루만져 줬다. 클래식 음악을 듣고 있노라면 곡을 지은 작곡가는 물론 연주자들이 만들어 내는 아름다운 선율에 나도 모르게 빠져들게 된다. 내 안에 들끓어 오르는 화를 경이로운 창작물의 감상으로 전환하면서, 집이라는 한 공간에서 내 영혼이 이동하는 것을 느낄 수 있었다.

물론 음악은 아이들과 함께 듣는다. 세 아이가 방에서 옹기종기 모여 장난감을 가지고 놀 때면 오디오를 켜고 집 안을 피아노와 바이올린, 첼로 등 악기 소리로 풍부하게 채운다. 이렇게 욕이 튀어나오려는 순간에 다른 방식으로 쉬어 가다 보면 내 안에 요동치는 파도를 내 의지로 잠재울 수 있을 것이다.

이렇게 욕이 튀어나오려는 순간에
다른 방식으로 쉬어 가다 보면
내 안에 요동치는 파도를
내 의지로 잠재울 수 있을 것이다.

내 인생에서 가장 잘한 일은

*
*
*

"둘째는 사랑이야…. 요즘 아이들이 크는 게 너무 아쉬워."

이런 소리를 듣게 될 때가 있다. 그러면 나는 우스갯소리로 답한다.

"하나 더 낳아요!"

첫째를 키울 때에는 모든 게 처음이라서 정신이 없었다. 아이가 사랑스럽다는 것을 가슴이 아닌 머리로만 느꼈다. 비교적 모든 게 무난했던 첫째와 달리 쌍둥이 육아는 마치 처음 겪어 보는 일처럼 힘겨웠다. 하지만 또래보다 말하는 것이 느려 걱정이었던 셋째가 한두 단어씩 익혀 내뱉는 걸 보면 나도 모르게 사랑스럽다는 감정을 갖게 된다. 아이가 엄마, 아빠 외에 처음 익힌 단어는 '네'다. 그 목소리가 듣고 싶어서 일부러 계속 같은 질문을 했다. 아이가 외계어 같은 옹알이를 거듭하다가 어느 날 문득 우리 모두에게 익숙한 단어를 들려주면, 그건 세상 그 어떤 말보다도 아름답게 느껴진다.

유독 말을 하기 싫어하는 둘째는 스킨십을 좋아한다. 안길 때는 흡사 코알라마냥 두 손으로 내 목을 끌어 안고 두 다리로는 허리춤을 감싼다. 자다가 깰 때면 엄마의 체취를 확인하고서야 다시 깊은 잠에 빠져든다. 비몽사몽한 새벽에도 나를 찾아대는 아이들이 언젠가는 나를 찾지 않게 될 거란 생각에 여러 감정이 오갈 때가 있다.

언젠가 엄마가 쌍둥이를 출산한 내게 문자를 보낸 적이 있다.

"내 인생 가장 잘한 일은, 바로 너."

한창 세 아이 육아로 힘든 시간을 보내고 있었는데 본인 인생에 가장 잘한 일이 '나'라고 말해 주어 참 감사하고 또 먹먹했다. 얼마만큼의 시간이 흘러야 엄마처럼 내 인생에서 가장 잘한 일이 '너'라고 말할 수 있을까. 많은 엄마들이 출산 후 자신의 보물을 아이들이라고 말한다. 그러나 나는 아직 세 아이를 떠올리기보다 나와 함께 분유를 타고 기저귀를 갈아 주는 남편을 떠올린다. 아마도 내게는 육아 노동의 나눔이 아이의 10분짜리 위문 공연보다 더 간절하고 든든하게 느껴지기 때문일 것이다. 그래도 내 삶 중심에는 세 아이가 존재한다. 힘들면 힘들다고, 기쁘면 기쁘다고 표현할 수 있어 새삼 우리 집 네 남자에게 고마운 마음이 든다.

글쓰기 모임에서 글에 대한 피드백을 주고받는 도중에 동기가 내게 물었다.

"그대에게 있어 보물은, 첫째 재모?"

나는 웃으며 서슴없이 답한다.

"아니요, 전데요?"

그리고 속으로 이렇게 말했다.

'저는 우리 엄마의 보물입니다.'

'저는 우리 엄마의 보물입니다.'

나는 너라서,
너는 나라서

*
*
*

아이를 낳은 이후 가장 힘든 것 중 하나는 육아가 삶의 중심이 되어버린 것이었다. 회사를 다니기 시작할 때는 열정으로, 그 이후에는 책임감으로 일을 했다. 맡은 일이 많았고 좋은 결과를 얻기 위해 열심이었다. 그땐 '왜 이렇게 사소한 것까지 다 챙기며 나 자신을 피곤하게 할까' 하며 스스로의 성격을 탓했다. 그런데 육아를 하다 보니 내가 했던 일이 얼마나 재밌었고 또 좋았는지 깨닫게 되었다.

일과 육아를 병행할 수 있을지 숱하게 고민했다. 그러나 매번 내게는 불가능한 일이라는 결론을 마주하게 된다. 아이가 셋이면 육아 도우미가 있어도 양가 부모님의 도움이 필수다. 주 양육자가 회사에 출근하면 아이들을 위해 움직이게 되는 사람은 한 명 이상이 된다. 그러다 보니 기회비용을 생각하지 않을 수 없다. 그렇게 일에 대한 꿈은 다시 좌절된다.

때마침 남편이 걸 그룹이 나오는 음악 방송을 보고 너무나 흡족한 미소를 띠고 있어 한숨을 내쉬며 물었다.

"이보시오, 걸 그룹이 그렇게 좋소?"

남편은 기다렸다는 듯 서슴없이 답했다.

"저 아이들은 나를 보며 항상 웃거든."

몇 주 전 식탁 벽에 걸린 캐리커처를 보며 혼자 술을 마시던 남편의 모습이 떠올랐다. 한숨을 푹푹 내쉬며 소주잔을 기울이던 그가 말했다.

"저 그림 그릴 때만 해도 우리 산토리니에서 신혼여행 중이었는데. 저 때 참 행복했는데, 그치?"

"그럼 지금은 행복하지 않다는 거야?"

남편이 곧 대꾸했다.

"왜 꼭 이분법적으로 생각해? 그냥 그렇다는 거지. 지금 나는 회사, 너는 육아, 그리고 새벽에는 서로 애 셋 수발드느라 맨날 피곤에 절어 있잖아."

몇 년 전 TV 프로그램 '무한도전'에서 H.O.T 재결합 공연을 방송한 적이 있었다. 90년대 가요계를 누비던 그룹이 하나둘 재결합하는 흐름을 타고 이들도 다시 만나게 된 것이다.

그들이 데뷔했던 1996년의 추억을 되살리기 위해 당시 입었던 옷 스타일과 머리 모양을 구현하고, 당시의 안무를 밤새 연습하는 모습을 봤다. 무대와 가장 가까운 자리를 차지하기 위해 공연장 밖에서 밤새워 줄을 서서 기다렸던 열일곱 살의 앳된 소녀 팬들은 어느덧 삼십 대 중반이 훌쩍 넘은 아이 엄마가 됐다. 시부모님에게 아이를 맡기고 교복까지 챙겨 입고 왔다는 한 팬은 하얀색 우비와 풍선을 챙겨오는 꼼꼼함을 잊지 않았다.

H.O.T를 향한 팬심이 드러나는 하얀 풍선이 가득 찬 객석은 장관이었다. 그들이 음악 프로그램에 혜성처럼 등장했던 모습 그대로 20년만에 무대에 선 장면을 보고 있으니 나도 모르게 눈물이 쏟아졌다. 프로그램 진행을 맡은 패널도, 연신 H.O.T를 외쳐대는 팬들도 모두 눈물을 흘리고 있었다. 그 방송을 함께 시청하고 있던 남편이 눈물이 가득 고인 내 눈을 보며 의아하다는 듯이 물었다.

"여보야, 넌 H.O.T 팬도 아니었으면서 왜 우니?"

"나? 그냥 그때 내 모습이 그리워서….'

고인 눈물을 질끈 감아 흘리며 남편에게 다시 물었다.

"우리가 육아로 힘든 이 시절도 언젠간 그리워지겠지?"

8년 전 이맘때, 한밤중에 집 앞에 찾아와 전화를 했던 남편의 목소리가 떠올랐다. 우리는 여차하면 결혼할 수 없게 될지도 모르는 위기에 놓여 있었다. 그날 남편이 내게 전화로 이런 말을 했다.

"우리 도망갈까? 나는 네가 아니면 정말 안 되는데… 정말 안 되는데…."

커다란 몸을 비틀거리며 힘겹게 말을 잇는 그의 음성에 눈물이 서려 있었다. 결혼 후 꽤 많은 시간이 흘렀는데도 내 기억 속에서 쉽게 잊히지 않는 장면 중 하나다. 한 해 두 해 결혼 생활이 이어지고, 쌓이는 시간 만큼 무뎌진 감정을 따라가다 보면 '내가 대체 이 결혼을 왜 한 걸까?'라는 물음에 봉착할 때가 있다. 특히 세 아이를 돌보면서 체력적으로나 정신적으로 한계가 드러나게 될 때, 나는 결혼을 준비했던 그 시절을 떠올리곤 한다. 점점 바쁘고 힘들어지는 남편의 회사 생활도, 갈수록 더 높은 산을 넘어야 하는 세 아이 육아도 우리가 참고 견딜 수 있는 이유는 '나는 너라서', '너는 나라서'이다. 그렇게 우리는 삶의 우선순위를 다 잡으며 서로의 소중함을 확인한다.

점점 바쁘고 힘들어지는 남편의 회사 생활도,
갈수록 더 높은 산을 넘어야 하는 세 아이 육아도
우리가 참고 견딜 수 있는 이유는
'나는 너라서', '너는 나라서'이다.

자꾸 시도하는 버릇

*
*
*

나는 무언가 결정하는 데 드는 시간이 긴 편이다. 그런 내가 소위 '눈팅'만 하던 일 중 하나를 해보겠다고 선언했다.

"나 이번 여름에는 깍두기를 담가 볼까 해. 생각보다 쉬운 방법이 있더라고. 예전부터 김치랑 깍두기 담그는 법을 알고 싶었는데 깍두기를 먼저 해볼까 봐."

"일 좀 벌이지 말아라. 그거 담그고 나면 힘들다고 며칠 투덜거리고 짜증 낼 거잖아. 그냥 사 먹어."

"그래도 응당 한국 사람이라면 깍두기랑 김치 담그는 법은 알고 있어야 하지 않을까! 같이 할래?"

"또 이상한 말 한다."

대화는 늘 이렇게 시답잖게 끝난다. 주부가 되고서 '요리'라는 소소하지만 큰 재미가 생겼다. 결혼 전에는 밥상에 숟가락 하나도 놓지 않고, 속옷 한 장도 빨아 보지 않았는데 결혼하고 나서 가장 후회하는 게 바로 집안일과 요리를 소홀히 한 20대 시절이다. 신혼 초, 모든 것이 서툴렀기 때문에 아이가 생긴 뒤 많이 허둥댔다. 매일 이어지는 소소한 집안일이 참 귀찮고 지겨웠다. 그러다가 아이들이 이유식 시기를 지나 밥을 먹기 시작하면서 음식 만드는 일이 꽤 즐거워졌다. 음식을 하는 동안에는 아이들로부터 살짝 떨어져 있을 수 있어서 그런지도 모른다. 새로운 음식을 만드는 것은 스스로가 뿌듯해지는 일 중 하나다.

'나도 나이가 들었구나'라고 느끼는 순간 중 하나가 새로운 것을 시작하는 데 주저하는 모습을 보일 때다. 내 인생을 돌이켜 봤을 때 지금의 머뭇거림은 지난 세월의 경험이 반영된 결과이리라. 그럼에도 불구하고 계속 시도하게 되는 이유가 뭘까. 왜 삶에 대한 호기심은 멈추지 않는 것일까.

누군가 드라마에서 말했듯, 남은 생에서 가장 젊은 오늘을 사는 내가 하지 못할 일이 뭐가 있겠는가. 아이 셋을 등원시키고 난 후 그간 하지 못했던 새로운 일을 떠올려 보는 것만큼 신나는 일이 또 있을까. 아이들이 더 어렸을 때는 누릴 수 없었던 자유다. 이렇게 소중한 자유가 생겼는데 열심히 누리지 못하는 스스로를 보면 '나 왜 머뭇거리고 있니'라는 말을 되뇌게 된다. 예전의 나였으면 아무것도 생각하지 않고 어디로든 뛰쳐나갔을 텐데 말이다.

돌이켜 보면 오늘 무엇을 먹고 무엇을 할지 고민하는 것은 내 삶을 나답게 살기 위한 매일의 시도다. 해보지 않은 걸 시도하려 할 때마다 내게 남은 용기와 의지를 확인한다. 한국 사람이라면 김치와 깍두기를 담글 줄 알아야 한다는 나만의 의지처럼 언젠가 아이들과 낯선 곳에서 현지인처럼 살아보겠다는 계획, 삶의 이모저모를 생생하게 느끼며 살기 위한 여러 시도, 그 시도를 낭비라 생각하지 않는 마음이 나를 나답게 살도록 만든다.

남은 생에서 가장 젊은 오늘을 사는 내가
하지 못할 일이 뭐가 있겠는가.
아이 셋을 등원시키고 난 후
그간 하지 못했던 새로운 일을 떠올려보는 것만큼
신나는 일이 또 있을까.

삶에 부단히 집중하는 일

✳
✳
✳

    동생과 한남동으로 '날씨'에 대한 사진 전시를 다녀온 날이었다. '오늘 당신의 날씨는 어떤가요'라고 넌지시 건네는 한마디가 많은 생각을 하게 만들었다. 폭풍우가 몰아치고 비가 오는 날도, 눈이 와서 침묵의 소리를 감상할 수 있는 고요한 날도, 빛이 좋아 해를 바라보던 날도, 바람이 콧등과 머리칼을 간지럽히던 날도 모두가 사진이라는 프레임에 다소곳이 담겨 있었다. 가끔 SNS를 보면 사진 한 장으로 결론지어지는 일상이 참으로 간결

하게 느껴진다. '보여지는 한 장'이 모든 것을 가늠할 정도로 큰
의미를 가지게 된 것이다. 그래서 모두들 잘 찍은 사진 한 장을
얻기 위해 셔터를 누르는 일에 열과 성을 다한다.

어느 날 TV에서 방송인 이영자가 군부대에서 강연하는 장면
이 나왔다. 목소리에서 그녀 특유의 자신감이 느껴졌다. 아마도
많은 사람들 앞에서 수년간 진행을 해왔기 때문일 것이다. 그날
그녀가 장병들에게 전한 메시지는 '열등감'에 관한 것이었다.

"우리 집이 생선 가게였기 때문에 비린내가 나는 게 콤플렉스
였어요. 누가 냄새 맡는 시늉만 해도 혹시 나한테서 나는 냄새
가 아닐까 싶어 움츠러들었어요. 그래서 친구들에게 놀림받을
까 봐 항상 내 냄새를 확인하던 것이 습관이 됐어요. 내가 원
래 음식 냄새를 잘 맡는 게 아니라 내 냄새를 확인하던 습관이
나도 모르게 자연스럽게 몸에 뱄던 거죠. 군부대에 있는 동안
내 안의 열등감이 무엇인지 스스로 돌아보기를 바라요. '토끼
와 거북이' 우화에서 누가 봐도 뻔한 경주를 거북이는 왜 한다
고 했을까 돌이켜 보면, 거북이는 자신이 느리다는 열등감 자
체가 없었던 것 같아요. 거북이는 자신이 할 일을 묵묵히 해나
갔을 뿐이에요."

열등감이라는 주제를 그녀의 인생에 담아 전한 강연은 한 문장 한 문장 공감으로 가슴에 내려앉았다. 그녀가 자신의 열등 감을 인지하고 그것을 스스로 극복하기까지의 여정이 감동으로 다가왔다.

나 역시 아이와 있으면서 나도 모르게 열등감을 느끼게 되는 순간이 있다. '다른 집 애들은 안 그렇던데 우리 집 애들은 왜 이러지?'라는 말이 내 안에서 울릴 때다. 놀이터에 나가서 놀 때면 아이와 수십 번 시간 약속을 하지만, 집으로 향할 때는 항상 대성통곡을 하며 아파트 전체를 울리게 된다. 특히 첫째 재모는 놀이터에 가면 돌아오지를 않아서 아이를 들쳐 안고 황급히 돌아온 적이 한두 번이 아니다. 다른 방법을 써서 아이와 약속하면 조금은 달라질까 싶어 여러 시도를 해봤지만 결과는 매번 같았다. 그렇게 불같이 뜨거운 여름을 보내고 1년이 지나서야 서서히 놀이터에서 돌아오는 시간을 지키기 시작했다. 아이를 키우며 부단히 노력하는 것 중 하나는 나 스스로를 단련하는 일이다. 아이들 저마다 성장 시점이 다르기에 약속과 규율을 익히고 그걸 지키게 되기까지 어느 정도의 시간이 걸릴지는 아무도 모른다. 아이의 성장을 지켜보며 인내하는 일은 오롯이 나에게 달려 있다.

나보다 남에게 집중하는 귀가 커질수록 열등감은 점점 더 커져 간다. 어쩌면 우리는 각자 자기에게 놓인 삶에 부단히 집중하는 연습을 평생 반복하며 살아야 하는 게 아닐까. 네 삶도, 내 삶도 쉽지 않기에 서로의 카운슬러가 되어 위로 받고 보듬어 가면서 말이다. 그저 지금의 삶을 충실히 사는 데 집중하면서, 서로를 진심으로 격려하면서. 세상에는 더 나은 삶도, 별로인 삶도 없다. 다만 우리는 우리가 살고 싶은 삶을 상상하며 살아갈 뿐이다.

세상에는 더 나은 삶도, 별로인 삶도 없다.
다만 우리는 우리가 살고 싶은 삶을
상상하며 살아갈 뿐이다.

'오늘'만 살아 내기

*
*
*

얼마 전 친구에게서 전화가 왔다. 친구의 목소리에는 삶에 대한 고단함과 억울함이 서려 있었다. 최근 회사 문제로 많은 고민이 있던 친구였는데 여러 문제들이 뒤엉켜 괴로움을 느끼는 듯했다.

"세상이 어떻게 내게 이래? 내가 나쁜 짓을 하며 산 것도 아닌데 왜 나에게만….""

"그러게, 삶은 왜 이럴까."

'힘내, 잘될 거야'라는 말이 위로가 되지 않는다는 걸 알고 있기에 나는 바로 답할 말이 없었다. 억울함이 불러오는 처참함을 알고 있기에 입이 잘 떨어지지 않았다. 하지만 이미 몇 번이나 전화를 받았었기에 이제는 나도 입을 열어야 했다. 나는 잘 꺼내지 않는 내 과거 이야기를 들려주면서 이렇게 말했다.

"나도 너처럼 힘들 때가 있었어. 힘들었던 얘기를 잘 안 해서 내가 별 탈 없이 잘 살아 온 줄 알지만…. 세상에 흔들리지 않고 피는 꽃이 어디 있겠어. 서글프지만 흔들려야 인생인가 봐. 웃는 건 찰나고 사는 건 더럽게 빡세지만 그래도 살아볼 만한 인생이라고들 하잖아. 사는 게 좋은 거잖아. 인생 아무도 모른다. 힘내셔. 그러면 다시 또 웃으며 오늘 일 이야기하게 될 거야. 오늘 할 일 이만큼, 내일 할 일 이만큼, 그렇게 단순히 생각하면서 버티자."

꼭꼭 덮어 둔 이야기를 꺼낼 만큼 그녀의 상황이 긴급하고 절실하게 느껴졌다. 힘든 상황에 처하게 되면 당장 눈앞에 놓인 고난이라는 놈에 눈이 멀어 미래도 암울할 것이라고 생각하게 된다. 마치 홀로 칠흑 같은 짙은 어둠을 마주하고 있는 느낌일 것이다. 슬픔과 막막함으로 부풀어 오른 마음에 바늘구멍이라도 내서 숨이라도 쉴 수 있었으면 하고 바랐던 때가 있었다. 그래서 그녀에게 숨 쉴 구멍이라도 내주고 싶었다.

친구와 통화를 마치고 나니 내 볼에도 눈물이 흘러 내렸다. 힘들 때마다 수없이 반복했던 말은 '일단 오늘만 살자'라는 말이었다. 슬퍼할 겨를이 없는 사람은 가슴보다는 머리로 숨을 쉬고, 오늘 주어진 일에 몰두해야만 한다.

내일 퇴사를 할지언정 한 시간 후에 먹을 점심 메뉴를 고민하고, 매일이 다람쥐 쳇바퀴처럼 느껴지는 육아가 힘들지언정 오늘 아이들 간식 메뉴를 고민해야 한다. 그렇게 오늘만, 딱 오늘만 버티며 살아 낸다.

그렇게 오늘만,
딱 오늘만 버티며 살아 낸다.

에필로그

✻
✻
✻

　운전 중 신호 대기를 하는데 대각선 차량 뒷 유리에 붙은 글귀가 눈에 들어온다.

　'위급 상황 시 아이 먼저 구해 주세요!(A형)'

　문득 그 문구가 부메랑처럼 날아와 내 가슴에 박힌다. 만일 내가 그런 상황에 맞닥뜨리게 되면 어떻게 할 것인가. 자식이란 정말 내 목숨보다 아깝지 않은 존재인가. 쓰러진 나는 그냥 내버려 둬도 되는 걸까.

지난 8년간의 육아는 나의 자아가 아이라는 또 다른 자아로 탄생한 애증의 시간이었다. 기다림이라는 말이 가진 수많은 의미를 다시 새겨볼 수 있었고, 아이의 성장을 지켜보며 부모라는 이름의 무게를 가늠해 볼 수 있었다.

출간을 며칠 앞두고 썼던 글을 하나하나 펼쳐 보았다. 마치 잠들기 전 휴대폰에 저장된 아이들 사진을 보는 것처럼, 글을 통해 지나간 하루들을 눈에 담았다. 어떤 글은 쓰던 당시의 고통이 고스란히 떠올라 눈물이 나기도 했다. 글을 읽어 나가면서 내가 가족을 사랑하는 방식이 무엇인지를 확인할 수 있었다. 또 글로 남은 30대의 나날이 진정 뜨겁고 소중했음을 깨닫게 되었다.

혼자 견뎌야 했던 육아와 가사는 어느덧 남편과 함께하는 일상이 됐다. 기꺼이 내 일상을 함께해 주는 남편에게 고맙고 또 고맙다. 고단한 하루도 사랑스러운 세 아이들과 함께여서 견딜 만하고 행복하다. 존재만으로도 힘이 되는 양가 부모님과 가족들에게도 감사의 마음을 전한다. 나의 소울메이트 내 동생, '네가 없었으면 어쩔 뻔 했을까'라는 생각을 자주 한단다.

쌍둥이 임신으로 우울증에 시달린 내게 함께성장인문학연구원 23기라는 기막힌 인연을 안내해 준 예서 선생님과 인턴 선생님, 동기들에게 깊은 감사의 마음을 전하고 싶다. 낯선 놀이터가 더 이상 위험하지 않다는 것을 알려 준 아이 친구 엄마들에게도 고맙다. 누구의 엄마가 아니라 온전한 내 이름으로 함께 나이 들 수 있는 귀한 인연들 덕에, 지금 이 순간이 더욱 소중하게 느껴진다.

KI신서 9441

엄마이지만 나로 살기로 했습니다

1판 1쇄 인쇄 2020년 11월 27일
1판 1쇄 발행 2020년 12월 9일

지은이 김화영
펴낸이 김영곤
펴낸곳 ㈜북이십일 21세기북스

정보개발본부장 최연순
정보개발2팀 김연수 최유진
디자인 김은영
마케팅팀 강인경 박화인 한경화
영업본부장 한충희
출판영업팀 김한성 이광호 오서영
제작팀 이영민 권경민

출판등록 2000년 5월 6일 제406-2003-061호
주소 (10881) 경기도 파주시 회동길 201 (문발동)
대표전화 031-955-2100   팩스 031-955-2151   이메일 book21@book21.co.kr

㈜북이십일 경계를 허무는 콘텐츠 리더

21세기북스 채널에서 도서 정보와 다양한 영상자료, 이벤트를 만나세요!

페이스북 facebook.com/21cbooks   **포스트** post.naver.com/21c_editors
인스타그램 instagram.com/book_twentyone   **홈페이지** www.book21.com
유튜브 youtube.com/book21pub   **카카오** 1boon 1boon.kakao.com/whatisthis

서울대 가지 않아도 들을 수 있는 명강의! <서가명강>
유튜브, 네이버, 팟빵, 팟캐스트에서 '서가명강'을 검색해보세요!

ⓒ 김화영, 2020
ISBN 978-89-509-9284-2 03810